Klarant Verlag

Die gebürtige Ostfriesin ***Sina Jorritsma*** aus der Krummhörn studierte in Hamburg Germanistik und Philosophie, bevor sie wieder in ihre Heimat zurückkehrte. Sie veröffentlicht unter Pseudonym, weil sie ihre Umgebung genau beobachtet und Ereignisse aus ihrem Leben in ihre Geschichten einfließen. Das Romaneschreiben ist ihr kleines Geheimnis, das nur wenige Menschen kennen. Bei einer großen Kanne Ostfriesentee mit Sahne und Kluntjes kann sie halbe Nächte durchschreiben, tagsüber hält sie sich mit Joggen fit. Sina Jorritsma lebt mit ihrer Familie in einem kleinen Ort bei Emden.

Sina Jorritsma

Friesenvogel

Ostfrieslandkrimi

Klarant Verlag

Klarant Verlag, www.klarant.de – www.ostfrieslandkrimi.de
ISBN: 978-3-68975-108-1
1. Auflage 2024
Umschlagabbildung: Klarant Verlag

Printed in the EU.

Kapitel 1

Kommissarin Mona Sander von der Polizei Borkum fühlte sich hundsmiserabel, als sie am Abend des 12. Oktobers ihr Fahrrad bestieg und in Richtung Südstrand radelte. Dabei gab es objektiv gesehen momentan nichts, worüber sie sich den Kopf hätte zerbrechen müssen. Der Herbst hatte zwar auch auf der Nordseeinsel weit vor der Küste Einzug gehalten, aber der lang anhaltende Sonnenschein sorgte für einen »goldenen Oktober«. Die Stürme würden vermutlich erst gegen Ende des Monats über die Insel hinwegbrausen. Außerdem gab es für Mona und ihren Kollegen Oberkommissar Enno Moll aktuell keinen kniffligen Mordfall, in dem sie ermitteln mussten. Erst vor Kurzem hatte die Kriminalistin in den Kreisen ihrer eigenen ehemaligen Klassenkameraden nach einem raffinierten Täter Ausschau gehalten – und auch dieses Rätsel hatte schließlich gelöst werden können. Trotzdem ging es der rotblonden Kriminalistin überhaupt nicht gut, und das lag an ihrem Privatleben. Ihr Freund Jan Lummer hatte sie an den Südstrand gebeten – und ihrer Meinung nach konnte dies nichts Gutes zu bedeuten haben. Normalerweise traf Mona sich mit Jan in seinem gemütlichen Seglerlokal *Nordsee Kajüte*, wo sie gelegentlich auch im Service aushalf. Oder sie ging zu ihm in seine Wohnung, wenn er Feierabend hatte. Ihr Beisammensein verlief normalerweise locker und unkompliziert. Es kam selten vor, dass Monas Freund mit ihr eine Uhrzeit und einen genauen Treffpunkt ausmachte – streng genommen war das noch nie zuvor passiert, wenn sie sich richtig erinnerte. Und dafür gab es ihrer Meinung nach nur einen Grund: Jan wollte mit ihr Schluss machen.

Vor einiger Zeit war Mona mit einem Hannoveraner Kollegen fremdgegangen – ein Fehltritt, den sie zutiefst bereute und den sie Jan gebeichtet hatte. Seine Reaktion war für ihn typisch gewesen: »Schwamm drüber«. Und sie liebte ihn für seine unaufgeregte gradlinige Art, die einen starken Gegensatz zu ihrem eigenen überschäumenden Temperament bildete. *Noch kein anderer hat es mit mir so lange ausgehalten,* dachte sie mit einem Anflug von Verzagtheit, *und nun habe ich alles zerstört!*

Wenn Jan versucht hatte, Mona zu vergeben – er es aber doch nicht konnte? War das der Grund dafür, dass er sie allein am Strand treffen wollte? Befürchtete er, dass sie ihm vor seinen Gästen in seinem

Lokal eine Szene machen würde? Die Kommissarin verfluchte sich selbst dafür, dass sie während einer Fortbildung in der Landeshauptstadt schwach geworden war. Je näher sie dem Fahrtziel kam, desto stärker wuchs ihre Furcht. Sie hielt sich nicht für einen Feigling, beruflich war sie schon oft genug in brenzligen Situationen – bedroht durch Messer oder Pistolen, und einmal wäre sie beinahe in die Luft gesprengt worden. Es war die Ungewissheit, die sie in diesem Moment fertigmachte. Gab es eine andere Frau, die Jan gegenüber fürsorglicher und zugewandter war? Während Mona sich mit solchen Grübeleien den Abend verdarb, hatte sie die Süderstraße durchquert. Sie ließ ihr Fahrrad beim Restaurant *Heimliche Liebe* zurück und ging zum Strand hinab. Die untergehende Oktobersonne färbte den Horizont über der Nordsee, die Wellen brandeten in einem sanften Rhythmus, und Mona spürte das Salz auf ihren Lippen. Eigentlich hätte es ein wundervoller Borkumabend sein können, wenn nicht eine Eisklaue nach ihrem Herzen gegriffen hätte. Momentan waren nur wenige Jogger und Spaziergänger am Spülsaum des Meeres unterwegs. Mona musste sich nicht lange umschauen, bis sie ihren Freund erblickte. Er stand an dem Platz, wo er sie treffen wollte – jenseits der Strandzelte, den Blick auf die offene See gerichtet. Jan trug seine übliche Alltagskleidung – Jeans und eine graue Kapuzenjacke. Er war ein unscheinbarer Mann, was allerdings nichts über seinen liebenswerten Charakter aussagte. Mona kam es so vor, als ob sie Bleigewichte an den Füßen hätte. Auch sie hatte ihre übliche Montur an – Jeans, Sneakers, ein blauer Pullover aus Baumwolle und eine Kapuzenjacke. Hätte sie sich vielleicht in Schale werfen sollen, um abserviert zu werden? Sie stapfte durch den weichen Sand auf ihren Freund zu. Er drehte sich erst in ihre Richtung, als sie ihn fast erreicht hatte.

»Da bist du ja schon«, sagte Jan lächelnd. Aber er machte keine Anstalten, sie zu küssen. In ihrer Kehle schien ein Ziegelstein quer zu sitzen. Trotzdem schaffte sie es, ein paar Worte von sich zu geben: »Hör mal, ich ...«

Ihr Freund brachte sie mit einer Handbewegung zum Schweigen: »Nein, lass mich bitte sprechen. Du weißt, dass ich kein großer Redner bin. Ich frage mich seit Tagen, wie ich es dir sagen soll.«

Dann tu es doch endlich!, dachte sie. *Mach der Quälerei ein Ende!*

Immerhin schien auch Jan die Aussprache nicht leicht zu fallen. Er wischte sich die Handflächen an seiner Jeans ab – vermutlich waren sie schweißnass, obwohl es am Abend am Strand schon recht frisch war.

»Es sind ja dieses Jahr einige Dinge passiert, die mich zum Nachdenken gebracht haben … und da gibt es noch etwas, das du noch nicht weißt … obwohl es dich auch betreffen würde, wenn du ...«, stammelte er.

Könntest du bitte mal einen Satz vernünftig beenden? Wäre Jan ein Zeuge oder Verdächtiger gewesen, dann hätte sie ihm diese Worte an den Kopf geworfen. Aber Mona schluckte die Bemerkung herunter, während ihre Augen feucht wurden. *Nur jetzt nicht losheulen!,* befahl sie sich selbst.

»Ich krieg es einfach nicht hin!«, gestand Jan, »darum rede ich nicht länger um den heißen Brei herum: Willst du mich heiraten?«

Damit hatte Mona nun wirklich nicht gerechnet. Ihr stockte zunächst der Atem.

»Wie bitte?!«, stieß sie hervor.

»Ich weiß, dass ich nichts Besonderes bin, aber ...«

Nun war sie es, die ihm ins Wort fiel: »Soll das ein Witz sein? Du bist perfekt, so wie du bist! Und um deine Frage zu beantworten: Ja, ich will deine Frau werden!«

Von einem Moment zum nächsten war ihre Beklemmung einer grenzenlosen Euphorie gewichen. Mona hatte in der Vergangenheit schon öfter selbst mit dem Gedanken an eine Ehe gespielt – vor allem, wenn sie wieder einmal einer ernsthaften Gefahr ausgesetzt gewesen war. Aber gerade das Risiko ihres Berufs hatte sie diese Überlegung stets wieder verwerfen lassen. Inzwischen betrachtete sie die Dinge anders – letztlich wusste niemand, wie lange sein Leben dauern würde. Das galt nicht nur für Polizistinnen.

»Ist das wahr?«, fragte Jan mit rauer Stimme. Er schien sein Glück kaum fassen zu können. Sie antwortete, indem sie sich auf die Zehenspitzen stellte und ihm einen Kuss gab. Mona war nur eins dreiundsechzig groß, aber in diesem Moment fühlte sie sich wie eine Riesin. Nach kurzer Zeit löste Jan sich von ihr und hob den rechten Arm. Im nächsten Moment kamen Lux und die blond gelockte Serviererin Lina auf das Paar zu. Die beiden mussten sich in den nahe gelegenen Süddünen versteckt haben. Lina trug zwei Outdoorstühle, der Koch hatte einen Klapptisch dabei. Außerdem führte er eine Kühlbox mit sich. Es war Ruhetag in der *Nordsee Kajüte*, also hatte Jans Personal eigentlich frei. Mona war sprachlos. Im

Handumdrehen bauten Lux und Lina den Tisch und die Stühle auf. Der Koch servierte außer Champagner auch appetitlich arrangierte Heringshappen, die mit aus Radieschen geschnitzten Ankern verziert waren.

»Heute gibt es nur kalte Speisen, aber das ist ja vielleicht nicht so schlimm«, meinte Lux schmunzelnd und wandte sich an Mona: »Du hast also Ja gesagt?«

»Klar, sonst gäbe es ja nichts zu feiern«, erwiderte sie. Und dann kamen ihr wirklich die Tränen – und zwar vor Freude und Erleichterung. Jan nahm sie in die Arme. Wie durch einen Schleier konnte sie sehen, dass auch Lux und Lina gerührt waren.

»Wir lassen euch jetzt allein«, sagte der Koch, »das ist schließlich euer Abend.«

Im Handumdrehen war von den beiden nichts mehr zu sehen. Mona und Jan setzten sich und prosteten einander zu. Die Kommissarin putzte sich die Nase. Eigentlich hätte sie rundherum glücklich sein sollen, aber in ihrem Job achtete sie auf jedes Wort. Darum musste sie unbedingt nachhaken: »Was hast du vorhin gemeint, Jan – es gibt etwas, das ich noch nicht weiß? Meintest du damit, dass du eine Kratzbürste wie mich vor den Traualtar führen willst?«

Er lachte und schüttelte den Kopf: »Nee, es geht um etwas anderes – was aber auch damit zusammenhängt, dass wir heiraten. Ich kann es immer noch nicht glauben ...«

»Und worin besteht diese andere Sache?«, fragte Mona.

»Ich habe ein Haus geerbt, von meiner Tante Meta. Wir könnten dann endlich zusammenziehen – du und ich und Rufus.«

Rufus war Monas riesige Dogge, die sie nicht in ihrer Mini-Wohnung halten konnte. Der Hund war deshalb Dauergast bei Enno Moll und dessen Frau Birte, die ein Haus in der Paulinenstraße hatten. Die Kommissarin ging zwar jeden Morgen mit ihrem treuen Rüden spazieren, aber auf die Dauer war dies auch kein Zustand. Sie war durch einen Mordfall zur »Hundemama« geworden, weil Rufus' früherer Besitzer umgebracht worden war. Nachdem der Täter überführt wurde, hätte Rufus eigentlich ins Tierheim gemusst. Da war es für Mona keine Frage gewesen, dass sie ihn lieber behielt. Aber ihre Wohnung eignete sich nicht für einen so großen tierischen Bewohner – sie hätte allenfalls einen Goldfisch halten können.

»Ein Haus?!«, wiederholte die Kommissarin. Gewiss – das war keine besonders geistreiche Bemerkung. Aber sie war einfach zu überwältigt, um etwas anderes von sich geben zu können. Noch vor wenigen Minuten hatte sie einer Zukunft als ewiger Single entgegengesehen – und nun würde sie demnächst Ehefrau und Hausbesitzerin sein? Bevor sie weiter mit ihrem Freund sprechen konnte, klingelte ihr Smartphone. Enno war am Apparat.

»Es tut mir leid, dich nach Feierabend stören zu müssen«, sagte der Oberkommissar, »aber uns wurde soeben eine männliche Leiche im Naturschutzgebiet gemeldet. Wir müssen wahrscheinlich von einem Tötungsdelikt ausgehen.«

Kapitel 2

Ein Abend mit Jan allein – das wäre wohl zu schön gewesen, um wahr zu werden, dachte sie. Aber Mona wollte nicht klagen. Sie war viel zu dankbar dafür, nicht abserviert worden zu sein. Außerdem hatte sie sich bewusst für den Polizeiberuf entschieden. Und das Verbrechen nahm eben keine Rücksicht auf ihre Gefühle und ihre Freizeit.

»Kannst du mich mit dem Auto abholen?«, bat sie ihren Kollegen. »Ich bin momentan am Südstrand, wir treffen uns am besten bei der *Heimlichen Liebe.*«

»Gut, bis gleich«, sagte Enno und beendete das Telefonat. Jan lächelte Mona an.

»Bist du sehr sauer, weil ich dich jetzt alleinlassen muss?«, fragte sie.

»Ich habe mir schon zusammengereimt, dass du und Enno einen Einsatz habt. Damit werde ich wohl auch in Zukunft leben müssen. Aber für mich ist wichtig, dass du Ja gesagt hast.«

»Und das habe ich so ernst gemeint wie noch nie etwas anderes in meinem Leben«, flüsterte sie und gab ihm noch einen Kuss. Dann fügte sie hinzu: »Ich komme so bald wie möglich in deine Wohnung.«

»Ich wärme schon mal das Bett vor«, kündigte ihr Freund an. Mona eilte lächelnd zu dem metallenen Strandaufgang bei der *Heimlichen Liebe.* Während die Kommissarin auf die Promenade stieg und wenig später zur Süderstraße hinüber ging, dachte sie an die großen Änderungen in ihrem Leben. Sie hatte noch nie zuvor mit einem Mann zusammengelebt. Würde Jan ihre chaotische Art immer noch schätzen, wenn er nach ihren verlorenen Strümpfen suchen musste? Wie würde er reagieren, wenn sie durch einen Mordfall so stark beschäftigt wurde, dass sie für nichts anderes mehr Zeit hatte? Bevor sie sich noch länger über solche Dinge Gedanken machen konnte, kam ein Auto langsam näher. Es war das Dienstfahrzeug ohne Polizeikennung, das sie und der Oberkommissar für ihre Einsätze benutzten. Mona öffnete die Tür und stieg auf der Beifahrerseite ein. Enno nickte ihr freundlich zu. Der Zweimetermann mit dem Kugelbauch hatte es irgendwie geschafft, hinter dem Lenkrad eine halbwegs bequeme Position zu finden. Zumindest sah es danach aus. Mona gab sich diensteifrig: »Moin, wo genau liegt denn die Leiche?«

Enno konnte sich denken, dass es nicht der abendliche Einsatz war, der sie in eine so euphorische Stimmung versetzte.

»Du strahlst ja so«, stellte der Oberkommissar schmunzelnd fest. »Ist etwas passiert?«

»Das kann man wohl sagen. Jan und ich werden heiraten!«

Sie hatte kurzzeitig überlegt, Enno die gute Nachricht erst später mitzuteilen. Aber die Kommissarin kannte sich: Sie würde die Neuigkeit keine Sekunde für sich behalten können. Ihr Kollege wirkte verblüfft, aber dann begannen seine Augen zu leuchten: »Ja, da gratuliere ich dir ganz herzlich! Ihr beide werdet ein tolles Ehepaar abgeben.«

Mona wusste, dass seine Worte ehrlich gemeint waren. Es handelte sich bei Enno schließlich um ihren besten Freund. Deshalb fiel sie sofort mit der Tür ins Haus: »Willst du mein Trauzeuge sein?«

Der Ostfriese zögerte nicht und erwiderte: »Das ist mir eine große Ehre. – Und deine vorherige Frage habe ich natürlich nicht vergessen: Der Tote liegt bei der Kiekhütte Reededamm. Du weißt bestimmt, welchen Ort ich meine, nämlich diesen hölzernen Unterstand im westlichen Teil des Naturschutzgebiets.«

Große Teile der Insel gehörten zum Nationalpark niedersächsisches Wattenmeer, Borkum war insbesondere als Nistplatz für etliche seltene Vogelarten bekannt. Für die Kriminalistin war momentan hauptsächlich entscheidend, dass dieses große Stück Natur nach Einbruch der Dunkelheit meist ziemlich menschenleer war. Wer in dieser Umgebung einen Mord beging, musste keine Zeugen fürchten. Enno hatte das Auto wieder in Bewegung gesetzt. Er lenkte es auf die Reedestraße zu. Ein paar Minuten lang herrschte Stille im Auto, dann sagte der Oberkommissar: »Für mich kommt es ziemlich überraschend, dass ihr heiratet.«

»Das geht mir genauso, ehrlich gesagt. Jan hat mir erst vorhin den Antrag gemacht.«

»Also gibt es vermutlich noch keinen Termin für die Trauung?«

»Nee, und ich muss mich erst an meine neue Rolle als brave Ehefrau gewöhnen.«

»Für mich ist die Hauptsache, dass du deinen Beruf nicht aufgibst«, stellte Enno klar.

»Das würde Jan nie von mir verlangen«, erwiderte sie voller Überzeugung. Aber noch während Mona sprach, begann sie zu zweifeln. Ihr Zukünftiger liebte sie und wusste, wie gern sie

Polizistin war. Aber wenn sie nun schwanger wurde …? Als Beamtin konnte sie problemlos pausieren und später wieder dort einsteigen, wo sie aufgehört hatte – zumindest theoretisch. Aber Oltbeck würde Monas Planstelle nicht bis in alle Ewigkeit freihalten können, er musste sich um eine Vertretung für sie bemühen. Und wenn Mona dann in den aktiven Dienst zurückkehren wollte, hätte Enno sich vielleicht schon zu sehr an eine neue Kollegin gewöhnt. Das wäre für die Kommissarin eine echte Horrorvorstellung. *Musst du immer gleich die Schwarzseherin spielen?,* schimpfte sie mit sich selbst. Mona wollte sich lieber auf den anstehenden Fall konzentrieren: »Wer hat das Opfer gefunden?«

»Eine Pfadfindergruppe, die vom Fährhafen aus zu einer Nachtwanderung aufgebrochen ist.«

Inzwischen war es so dunkel, dass die Insel jenseits des Scheinwerferlichts und der die Reedestraße säumenden Laternen vollkommen in der Finsternis versunken zu sein schien. Mona liebte eigentlich diese Stimmung, insbesondere in den von Lichtverschmutzung nicht betroffenen Teilen Borkums. Doch gleichzeitig war diese Dunkelheit natürlich für einen Mörder die beste Tarnung, die er sich wünschen konnte. Enno fuhr so nah wie möglich an den Tatort heran. Man konnte die Kiekhütte nicht mit dem Auto erreichen. Der Oberkommissar parkte hinter dem Streifenwagen und dem Rettungsfahrzeug, die bereits dort standen, wo jenseits der Fahrbahn der Reededamm zu erkennen war. Die Ermittler stiegen aus und griffen zu ihren starken Taschenlampen, bevor sie den Pfad zu dem hölzernen Unterstand einschlugen. Es roch nach frischem Grün, denn es hatte vor einer Stunde geregnet. Die Umgebung war flach, man hatte eine gute Sicht Richtung Hafen und Ortskern – zumindest tagsüber. Die Kiekhütte diente als Rastplatz für Wanderer und Radfahrer, die von dem auf Borkum oftmals schnell umschlagenden Wetter überrascht wurden. Außerdem konnten sich Hobby-Vogelkundler dort auf die Lauer legen, um mit Fernglas und Teleobjektiv die gefiederten Freunde zu beobachten. Die uniformierten Kollegen hatten in dem Holzschuppen offenbar eine tragbare Lichtquelle aufgestellt, um den später anrückenden Kriminaltechnikern die Arbeit zu erleichtern. Außerdem musste natürlich auch der Arzt bei entsprechender Beleuchtung seine Untersuchungen machen. Als die Hütte in Sichtweite kam, bemerkten die Ermittler ein halbes Dutzend weibliche und männliche Pfadfinder in ihren typischen Uniformen. Sie hatten sich wie eine Schafherde am Wegesrand zusammengedrängt. Vom Alter her schienen sie zwischen sechzehn und zwanzig Jahren zu sein, nur ihr Leiter war schätzungsweise Ende zwanzig. Mona leuchtete auf ihren Dienstausweis und sagte: »Moin, wir kommen gleich zu ihnen. Wir müssen uns nur erst einen Überblick verschaffen.«

Der Anführer nickte. Er war genauso bleich wie die restlichen Gruppenmitglieder. Vermutlich hatten sie alle noch nie einen Menschen gesehen, der gewaltsam aus dem Leben gerissen wurde. Ein Holzsteg führte zur Kiekhütte, die an mehreren Seiten offen war. Die Kommissarin nickte Grietje Smit und Hinderk Ekhoff zu. Die beiden uniformierten Polizisten standen dicht nebeneinander auf der Plattform vor dem Schuppen. So, als ob sie ein Liebespaar wären, das die Einsamkeit gesucht hat. Auch die beiden Sanitäter befanden sich wartend außerhalb des Schuppens. In der Hütte kniete Dr. Siemers neben einem grauhaarigen Mann, der mit angezogenen Beinen auf dem Holzboden lag. Der Tote war komplett bekleidet, er trug eine Cargohose und feste Schuhe mit Profilsohle. Der Oberkörper steckte in einem Rollkragenpullover und einer Allwetterjacke, alles in gedeckten Farben. Neben ihm erblickte Mona eine randlose Brille, die ihm im Todeskampf wahrscheinlich von der Nase gerutscht war. Oder hatte der Mörder sie ihm von der Nase gerissen? Um den Hals des ungefähr sechzigjährigen Mannes war eine Art Kordel geschlungen. Der Notarzt blickte auf, als er die Mordermittler bemerkte: »Moin, Frau Sander und Herr Moll. Meiner ersten Einschätzung nach ist das Opfer stranguliert worden, und zwar mit diesem Gegenstand hier.«

Er deutete auf den Strick und fügte hinzu: »Die Körpertemperatur lässt darauf schließen, dass der Tod erst vor Kurzem eingetreten sein muss, zwischen 18 und 20 Uhr.«

Zu der Zeit habe ich gerade meinen Heiratsantrag bekommen, dachte Mona. Der Mediziner hatte die Erstuntersuchung der Leiche beendet und stellte den vorläufigen Totenschein aus. Dann verabschiedeten sich der Notarzt und die Sanitäter. Enno rief den Bestatter an, um den Transport des Toten ins gerichtsmedizinische Institut Oldenburg zu organisieren. Mona wandte sich an Grietje: »Habt Ihr schon die Identität des Mannes feststellen können?«

»Er hatte wohl zwei Namen«, lautete die Antwort. »In seinem Personalausweis heißt er Wilfried Fassbinder, wobei unter der

Rubrik Künstler- und Ordensnamen auch Bruder Ottmar steht. In seinem Portemonnaie waren auch eine EC-Karte und 230,50 Euro in bar, nach einem Raubmord sieht es also nicht aus. Und dann haben wir noch diese Gegenstände sichergestellt.«

Wie eine Zauberkünstlerin zog Grietje nun eine Spiegelreflexkamera mit Teleobjektiv und Nachtsichtfunktion hervor, die sie bereits in einen Beutel für Beweisstücke verpackt hatte. Die Kommissarin war keine Expertin für Fotografie, aber ein solches hochwertiges Gerät kostete gewiss mehrere tausend Euro. Nein, dem Mörder schien es wirklich nicht um seine Bereicherung gegangen zu sein. Das andere Fundstück, das Grietje den Ermittlern nun zeigte, war ein aus Holz geschnitzter und bemalter kleiner Vogel.

»Den Piepmatz hatte das Opfer in der rechten Hand«, erklärte die Polizeimeisterin. Dann wechselte sie das Thema, indem sie Mona einen prüfenden Blick zuwarf und fragte: »Warum wirkst du eigentlich so glücklich? Hast du dich mit Jan gestritten und freust dich, heute Abend keine Freizeit zu haben und stattdessen arbeiten zu müssen?«

Die Kommissarin antwortete lächelnd: »Ganz im Gegenteil – mein Freund hat mir vorhin einen Heiratsantrag gemacht, und ich habe angenommen. – Nun müssen wir aber erst einmal die Melder befragen, den Rest erzähle ich dir bei nächster Gelegenheit.«

Mit dieser Information ließ Mona Grietje sprachlos zurück, was eher selten vorkam. Während die Kommissare zu den Pfadfindern hinüber gingen, raunte Enno seiner Kollegin zu: »Morgen wird die ganze Wache von deinem zukünftigen Eheglück wissen. Grietje verbreitet Neuigkeiten bekanntlich schneller als das Internet.«

»Damit kann ich leben«, gab sie zurück, »meine bevorstehende Hochzeit ist nichts, wofür ich mich schämen müsste.«

Enno nickte, dann wandte er sich den Pfadfindern zu, die immer noch wie angewurzelt ein Stück weit von der Kiekhütte entfernt am Wegesrand verharrten. Nachdem er Monas und seinen Namen genannt hatte, fragte er: »Wie haben Sie den Toten entdeckt?«

»Wir wollten quer durch das Naturschutzgebiet wandern«, begann der Gruppenleiter. Sein Name lautete Simon Lange. Er fuhr fort: »Wir waren seit ungefähr einer Stunde unterwegs und beschlossen, in der Hütte eine Pause einzulegen. Als wir dort ankamen, erblickten wir den Mann. Zunächst sah es aus, als ob er nur eingenickt wäre. Aber als ich näher herantrat, sah ich die Kordel um seinen Hals. Mir lief ein kalter Schauer über den Rücken, das können Sie mir glauben. Ich tastete nach seinem Puls, aber ich fühlte nichts mehr. Daraufhin nahm ich Kontakt mit dem Notruf auf.«

»Das haben Sie gut gemacht«, lobte Mona, bevor sie sich an die ganze Runde wandte: »Ist jemandem von euch eine andere Person begegnet, bevor ihr die Kiekhütte erreicht habt? Oder fiel euch etwas Verdächtiges auf? Jede Kleinigkeit kann wichtig sein.«

Einen Moment lang herrschte Stille, die jungen Leute schauten sich gegenseitig an.

»Was ist denn mit dieser Frau?«, sagte eine Blonde schließlich zögernd.

»Die Ärmste wird wohl kaum eine Mörderin sein«, wies Lange sie zurecht.

»Aber seltsam benommen hat sie sich schon«, gab ein hoch aufgeschossener Junge zu bedenken.

»Ich will mehr über diese Person erfahren«, forderte die Kommissarin.

»Sie kam uns entgegengelaufen, trug ein langes helles Kleid«, berichtete die Blonde, »und sie hat gesungen!«

»Gesungen? Welches Lied?«, hakte Mona nach.

»Das weiß ich nicht, die Sprache hörte sich für mich italienisch an«, antwortete die Blonde.

»Nee, das war Spanisch«, behauptete der hochgewachsene Pfadfinder.

»Sie wirkte so zart und hilflos, sie kann unmöglich ein Verbrechen begangen haben«, behauptete Lange. Die Ermittlerin konnte es nicht ausstehen, wenn Laien sich zu Kriminalitätsexperten aufschwangen. Sie fuhr ihm über den Mund: »Es könnte sich aber um eine weitere Zeugin handeln, vielleicht sogar eine Augenzeugin – schon mal daran gedacht? Wohin ist die Frau gelaufen?«

»Richtung Hafen«, sagte die Blonde.

»Nein, zum Ortskern hin«, widersprach Lange.

»Können Sie die Frau näher beschreiben?«, erkundigte Enno sich. Seine Frage brachte die unterschiedlichsten Antworten hervor.

»Ihr Haar war pechschwarz.«

»Ich würde es eher als kastanienbraun bezeichnen.«

»Sie lief barfuß und maß fast eins achtzig.«

»Niemals – die war nicht größer als ich, und ich bin eins einundsiebzig. Und sie hatte Sandalen an den Füßen.«

»Sie hatte ein hellgelbes Kleid an.«

»Ich würde es eher als ein weißes Nachthemd bezeichnen.«

Mona schrieb fleißig mit, denn sie hatte gewohnheitsmäßig auch in ihrer Freizeit ihr Notizbuch bei sich. Sie kam sich von den Pfadfindern veräppelt vor, obwohl sie es besser hätte wissen müssen. Die Befragung einer Gruppe glich stets einem Glücksspiel – bei dem die Ermittlerin regelmäßig verlor. Aber wer war – um bei dem Vergleich zu bleiben – die »Bank«, die von Monas Pech profitierte? In diesem Fall natürlich die Tatperson, weil sie ihren Vorsprung unbehelligt ausbauen konnte. Die Kommissarin schrieb sicherheitshalber noch die Mobilnummern sämtlicher Pfadfinder auf. Dann sagte sie: »Ich schlage vor, dass Sie als geschlossene Gruppe zur Jugendherberge zurückkehren. Falls Sie noch einmal etwas Verdächtiges bemerken, geben Sie mir Bescheid.«

Mit diesen Worten überreichte sie Lange eine ihrer Visitenkarten. Der Anführer zeigte sich entsetzt: »Sie wollen uns ohne Polizeischutz unserem Schicksal überlassen?«

Enno kam seiner Kollegin zu Hilfe: »Wir sehen keine akute Bedrohungslage, und die Jugendherberge erreichen Sie von hier aus zu Fuß innerhalb von zwanzig Minuten.«

Lange tat so, als ob er nicht richtig gehört hätte: »Wie bitte? Hier läuft eine Mörderin frei herum, finden Sie das normal?«

»Es deutet nichts darauf hin, dass sich Verdächtige noch in der Nähe aufhalten«, sagte Mona. Langes Miene zeigte, dass er sich nicht überzeugen lassen würde. Sie konnte ihn sogar verstehen – immerhin trug er die Verantwortung für seine Schützlinge. Also rief sie Hinderk Ekhoff zu sich: »Könntest du bitte die Pfadfinder zur Jugendherberge geleiten? Grietje wird dich dann später dort mit dem Streifenwagen abholen. Sie schafft es bestimmt auch allein, den Tatort bis zum Eintreffen der Kriminaltechnik und des Bestatters zu bewachen.«

»Wird gemacht«, sagte der junge Polizist. Lange war sichtlich erleichtert, nun einen bewaffneten Beamten dabeizuhaben. Mona selbst führte ihre Pistole nicht mit sich, weil sie schon im Feierabend gewesen war, als Enno sie anrief. Wenn die Kommissarin Dienstschluss hatte, schloss sie ihre Waffe immer auf der Wache ein. Momentan ging sie tatsächlich nicht davon aus, dass der Mörder sich noch in der Nähe befand. Das Risiko, geschnappt zu werden, war viel zu groß. Mona gab Grietje Bescheid, dass sie für ungefähr eine halbe Stunde auf sich allein gestellt sein würde. Die Polizeimeisterin nahm es locker: »Das krieg ich hin, kein Problem. Heißt es nicht bei den Pfadfindern: ›Jeden Tag eine gute Tat?‹ Jetzt ist es wohl Hinderk, der ihnen mal zur Abwechslung einen Gefallen tut.«

Die Kommissarin lachte und erwiderte: »Wir sehen uns spätestens morgen früh, Grietje.«

Während die Gruppe mit Hinderk Ekhoff Richtung Hafen und Jugendherberge marschierte, kehrten die Kommissare zu ihrem Dienstwagen zurück. Enno gab die Personenbeschreibung der nächtlichen Sängerin per Funk an die Zentrale durch. So vage die Angaben auch waren – man konnte im Vorfeld nie wissen, ob sie etwas nutzen würde.

»Was für ein seltsamer Mord!«, stieß Mona hervor, während ihr Kollege den Motor anließ. Sie fuhr fort: »Hobby-Vogelkundler haben wir hier auf Borkum ja zuhauf, aber wer stranguliert so einen harmlosen Kauz mitten im Naturschutzgebiet mit einer Kordel …?«

Sie beendete den Satz nicht, weil Enno die Hand hob.

»Ich muss dich korrigieren. – Die Mordwaffe war keine simple Kordel, sondern ein Zingulum!«

Kapitel 3

Die Kommissarin musste reichlich verblüfft ausgeschaut haben, jedenfalls begann Enno zu lachen.

»Entschuldige, aber dein Gesichtsausdruck ist unbezahlbar!«

»Schön, dass ich wenigstens zur Erheiterung tauge. Ich komme mir nämlich so richtig kreuzdämlich vor. Warum habe ich überhaupt Abitur gemacht? Dieses Wort ist mir völlig unbekannt.«

»Die wenigsten Menschen haben schon mal von einem Zingulum gehört«, erwiderte der Oberkommissar. »So bezeichnet man die Kordel, mit der Mönche ihre Kutte zusammenhalten.«

»Und woher weißt du so etwas?«

»Vor Jahren, als du noch nicht auf Borkum im Einsatz warst, habe ich an einem Polizeiaustausch mit Kölner Kollegen teilgenommen. Wie es der Zufall wollte, war zu der Zeit gerade Karneval. Und als ich meinen freien Tag hatte, verkleidete ich mich als Mönch.«

»Bei jedem anderen würde ich annehmen, dass er mich veräppeln will!«

»Nee, das war ernst gemeint. Ich kann dir später Fotos zeigen«, meinte Enno lächelnd.

»Und – wie war die Karnevalsparty?«

»Die erwies sich als Reinfall«, gestand er. »Ich hatte das Gewand eines Dominikaners, und diesen Orden gibt es in Köln tatsächlich. – Die Leute begriffen nicht, dass ich verkleidet war, und hielten mich für einen echten Ordensbruder. Entsprechend höflich und distanziert wurde ich behandelt – so gar nicht, wie man sich Karneval am Rhein vorstellt.«

Die Ermittler lachten, wurden aber gleich wieder ernst. Während ihres Gesprächs waren sie bereits losgefahren und durchstreiften die Seitenstraßen am unteren Ende der Reedestraße. Doch dieser Teil Borkums war nach dem Ablegen bzw. Einlaufen der letzten Fähre größtenteils verwaist. Es gab hier nur wenige Lokale und natürlich die Jugendherberge. Sie kämmten systematisch das Areal durch und befragten die wenigen Passanten, denen sie begegneten. Niemand wollte die Frau gesehen haben, die von den Pfadfindern beschrieben worden war.

»Die Dame ist momentan unauffindbar«, stellte Mona ernüchtert fest, »wobei ich davon ausgehe, dass wir es mit einem Menschen aus Fleisch und Blut und nicht mit einem Geist zu tun haben.«

»Bei der fremden Sprache, in der sie angeblich ein Liedchen angestimmt hat, könnte es sich nicht um Italienisch oder Spanisch, sondern um Latein handeln«, überlegte Enno, »das würde übrigens zu dem geistlichen Hintergrund des Opfers passen. – Morgen früh müssen wir als Erstes die Familie benachrichtigen. Über seine Verwandten bekommen wir gewiss auch heraus, in welchen Orden er eingetreten ist – wobei sich sofort die Frage ergibt, warum er bei seiner Ermordung Zivilkleidung trug. Von einem Klosterbruder wird doch üblicherweise erwartet, dass er in dem Ornat seiner Glaubensgemeinschaft auftritt.«

»Ja, und warum hielt er diesen Vogel aus Holz in der Hand?«, dachte die Kommissarin laut nach. Sie fügte hinzu: »Die Fahndung nach der Frau im hellen Kleid läuft ja in jedem Fall weiter. Vielleicht fällt sie ja einem unserer Kollegen auf, weil sie lateinische Klänge trällernd durch Borkums Straßen läuft.«

»Morgen früh werden wir auf jeden Fall schlauer sein«, vermutete der Oberkommissar mit seiner üblichen Zuversicht. Er chauffierte Mona zurück zur Süderstraße, wo sie ihr Fahrrad einsammelte. Dann brachte Enno sie auf ihren Wunsch nicht zu ihrer Wohnung in der Walfangerstrate, sondern zu Jan. Die Kommissarin hatte einen Schlüssel. Als sie das Zuhause ihres Freundes betrat, brannte noch Licht. Er lächelte sie an: »Ich habe es tatsächlich geschafft, von dem Champagner und den Heringshappen nur die Hälfte zu vertilgen.«

»So viel Rücksichtnahme muss belohnt werden«, erwiderte Mona augenzwinkernd und sank in seine Arme.

*

Am nächsten Morgen startete die Kommissarin nach ihrem Spaziergangritual mit Rufus voller Energie in den Arbeitstag. Auch wenn sie schon seit Jahren mit Jan liiert war, stellte die Eheschließung doch eine gewaltige Umstellung für sie dar – von dem bevorstehenden Umzug in das geerbte Haus ganz zu schweigen. Obwohl Monas Wohnung klein war, hatte sie sich doch an ihre vertraute Umgebung gewöhnt. Wenn Jan nun eine Schrottimmobilie in den Schoß gefallen war, deren Renovierung sowohl ihn als auch sie ruinieren würde? Die Kriminalistin dachte voller Schaudern an zwei Mordfälle zurück, in denen abbruchreife Gemäuer eine wichtige Rolle gespielt hatten. Die eine Untersuchung lag noch nicht allzu lange zurück – das in einem leer stehenden Haus entdeckte Mordopfer war gänzlich in Nähgarn eingewickelt gewesen. Sie schob die negativen Gedanken beiseite, während sie auf die Polizeistation zu radelte. Der Tag versprach schön zu werden. Es war morgens schon ziemlich frisch, aber nun stand die Sonne bereits am fast wolkenlosen Himmel. Sie hatte immer noch eine gewisse wärmende Kraft, obwohl die stetige Brise einen Vorgeschmack auf die anstehenden Herbststürme bot.

»Moin, wir sollen gleich zum Chef kommen und ihn auf den neuesten Stand bringen«, sagte Enno, nachdem Mona ihr gemeinsames Büro betreten hatte. Hauptkommissar Hinrich Oltbeck wartete bereits ungeduldig auf seine Mordermittler. Die beiden nahmen auf den Besucherstühlen vor dem Schreibtisch des kahlköpfigen Dienststellenleiters Platz und berichteten, was bisher an Fakten feststand.

»Der Mord an einem Hobby-Vogelkundler – das hat uns gerade noch gefehlt!«, brachte Oltbeck seufzend hervor und fuhr fort: »Sie wissen so gut wie ich, dass Borkum in diesen Kreisen wegen unserer vielfältigen geflügelten Tierwelt äußerst beliebt ist. Wenn sich herumspricht, dass man in der Einsamkeit des Naturschutzgebiets seines Lebens nicht mehr sicher ist, dann ist dies für das Image unserer Insel höchst schädlich.«

»Es gibt immerhin eine Person, die entweder Zeugin oder Tatbeteiligte sein könnte«, sagte Mona und beschrieb die Frau in dem weißen Kleid. Oltbeck war nicht überzeugt: »Schön, aber wie wollen Sie die Frau finden? Wenn sie sich umgezogen hat und ihr Haar unter einem Hut oder einer Mütze versteckt, dann sehe ich schwarz. Außerdem kann sie schon mit der ersten Fähre oder dem Inselflieger Borkum verlassen haben.«

»Die Vogelkundler sind untereinander gut vernetzt«, sagte Mona, »wir wollen uns unter den ›Kollegen‹ des Opfers umhören, vielleicht erfahren wir da mehr über ihn. Außerdem wissen wir noch nicht, wo Fassbinder auf Borkum übernachtet hat. Und mit der Familie müssen wir auch noch sprechen. Es gibt also genügend Ermittlungsansätze.«

Enno ergänzte: »Und da Fassbinder ein Mönch war, dürfte ein Zingulum als Mordwaffe bewusst gewählt worden sein. Der Täter wollte dadurch vermutlich eine Botschaft senden.«

Oltbeck warf dem Oberkommissar einen überraschten Blick zu. Nachdem auch der Chef gelernt hatte, was man unter diesem

Fachbegriff verstand, sagte er: »Dann legen Sie am besten sofort los, es gibt genug zu tun. – Zuvor möchte ich Ihnen, Frau Sander, noch persönlich zu Ihrer bevorstehenden Eheschließung gratulieren. Ich hoffe, dass Sie uns trotzdem erhalten bleiben.«

»Ich habe nicht vor, auf Hausfrau umzuschulen«, scherzte sie. »Meine Kochkünste sind nämlich miserabel. – Ich danke Ihnen sehr, Herr Oltbeck.«

Die Kommissarin war gerührt, weil ihr Chef – mit dem sie in der Vergangenheit so oft Ärger gehabt hatte – an ihrem privaten Glück Anteil nahm. Sie hatte einen Kloß im Hals und war froh, sein Büro verlassen zu können.

»Grietje hat als Informationsquelle also ganze Arbeit geleistet«, sagte Enno schmunzelnd und legte einen Arm um Monas Schultern. »Komm, wir fragen bei der Touristeninformation nach Fassbinders Unterkunft.«

Die beiden verließen die Wache und gingen zum nahe gelegenen Georg-Schütte-Platz hinüber, wo sich in einem Pavillon das Auskunftsbüro befand. Jeder Besucher der Insel musste einen Gästebeitrag leisten, der dort eingezogen und registriert wurde. Daher konnte man jeden Touristen seinem Urlaubsquartier zuordnen. Auch in diesem Fall erhielten die Kommissare eine brauchbare Auskunft: Wilfried Fassbinder hatte ein Zimmer in der Frühstückspension Menke gebucht. Das war eine familiäre Übernachtungsmöglichkeit der unteren Preiskategorie, die sich in der Richthofenstraße befand. Mona und Enno bedankten sich bei den hilfsbereiten Mitarbeitern und verließen die Touristeninformation wieder. Das Gebäude befand sich direkt gegenüber vom Inselbahnhof, wo auch am Vormittag schon viel Betrieb war. Einige Personen warteten auf das Eintreffen der Kleinbahn, andere liehen sich ein Fahrrad oder ließen in einem der angrenzenden Lokale einfach die Seele baumeln. Auch bei kühleren Temperaturen saßen die Urlauber gern in der Sonne. Wer im Oktober nach Borkum fuhr, erwartete keine Hitze wie in Spanien. Mona rief Oltbeck an und bat ihn, sich bei der Staatsanwaltschaft in Emden um einen Durchsuchungsbeschluss für Fassbinders Pensionszimmer zu bemühen.

»Darum kümmere ich mich natürlich sofort, Frau Sander!«, versicherte der Chef eifrig. Die Kommissarin bedankte sich brav und verkniff sich einen Kommentar. Es war bei der Borkumer Polizei ein offenes Geheimnis, dass Oltbeck heimlich für die junge Staatsanwältin Dr. Elisabeth Becker schwärmte. Wenn er die Chance bekam, mit ihr in Kontakt zu treten, dann nahm er dies nur allzu gern wahr. Mit dem Auto waren es von der Wache bis zur Richthofenstraße nur fünf Minuten. Während der Fahrt sagte Enno: »Ich finde deine Idee gut, dass wir uns auch bei den anderen Vogelkundlern umhören sollten. Aber wie wollen wir das anstellen? Meist sind es Touristen, deren Namen wir nicht kennen. Willst du sie im Naturschutzgebiet einfach suchen und ansprechen?«

»Notfalls mache ich das«, versicherte sie, »aber wir sollten zunächst mal mit Klaas Manning reden. Von dem wissen wir jedenfalls, wo er wohnt.«

Enno war skeptisch: »Hältst du das nicht für Zeitverschwendung? Dieser Ruheständler scheint doch eher die Frauen am FKK-Strand als die Vögel im Naturschutzgebiet zu beobachten.«

»Ich weiß, aber dieser Verdacht steht schon seit Jahren im Raum – ohne dass wir dem alten Knaben jemals eine strafbare Handlung nachweisen konnten«, erinnerte Mona. »Vielleicht haben wir ihm einfach unrecht getan. Tatsache ist, dass er jeden Tag stundenlang zu Fuß in den Dünen unterwegs ist und durchaus etwas Verdächtiges bemerkt haben könnte. Außerdem hat er uns schon einmal als Zeuge unterstützt.«

»Es kann jedenfalls nichts schaden, wenn wir ihm auf den Zahn fühlen«, lenkte Enno ein. Er parkte den Dienstwagen vor der kleinen Frühstückspension, die sich in einem unscheinbaren Haus am hinteren Ende der Richthofenstraße befand. Die Kommissare betraten das Gebäude. Sie waren vor Monaten einmal dort gewesen, als ein Gast verschwinden wollte, ohne seine Rechnung zu bezahlen. Seitdem waren sie mit dem Pensionswirt per Du.

»Moin, was kann ich für euch tun?«, fragte Menno Menke. Der rotgesichtige Mittfünfziger war in seiner Pension nicht nur Inhaber, sondern auch Putzmann, Koch, Alleinunterhalter sowie »Mädchen für alles«. Da er nur sechs Zimmer vermietete, konnte er sich kein Personal leisten und arbeitete praktisch rund um die Uhr. Mona beneidete ihn nicht darum – aber dank dieser Ausgangslage bekam er das meiste mit, was sich in seinem Beherbergungsbetrieb ereignete. Im Frühstücksraum ertönte das Klappern von Besteck, Gesprächsfetzen waren zu hören. Offenbar saßen einige Gäste bei der ersten Mahlzeit des Tages. Es duftete nach Kaffee und gebratenen Eiern.

»Wir sind wegen Wilfried Fassbinder hier«, sagte Mona. Menke schüttelte den Kopf: »Er ist noch nicht aufgestanden, und seine Nichte hab ich heute Morgen bisher ebenfalls nicht gesehen.«

Die Kommissarin horchte auf.

»Seine Nichte?«

Der Pensionswirt nickte: »Ja, sie heißt Svenja Fassbinder. Ich habe an die beiden zwei Einzelzimmer vermietet, Nummer sechs und sieben. – Ist etwas nicht in Ordnung?«

»Fassbinder lebt nicht mehr, wir müssen dringend mit seiner Verwandten sprechen«, sagte Enno mit gedämpfter Stimme. Menke erschrak sichtlich, aber dann führte er die Ermittler sofort zu Zimmer Nummer sieben. Es befand sich im Erdgeschoss. Mona lauschte. Von drinnen war kein Geräusch zu vernehmen. Sie pochte mit den Fingerknöcheln gegen das Türholz.

»Frau Fassbinder? Öffnen Sie bitte, hier ist die Polizei!«

Die Kommissarin schaute auf ihre Armbanduhr. Es war erst kurz nach neun. Sie wusste aus Erfahrung, dass viele Urlauber gern lange schliefen. Von daher wäre es nicht erstaunlich gewesen, wenn die Frau noch nicht aufgestanden wäre. Und tatsächlich konnte Mona wenig später das Quietschen von Bettfedern hören. Aber gleich darauf ertönte ein anderes Geräusch, das ihr überhaupt nicht gefiel. Es klang nach dem Knarren von rostigen Scharnieren. Von einem Kleiderschrank – oder von einem Fenster?

»Die will abhauen!«

Mona gab sich nicht damit zufrieden, diesen Verdacht auszusprechen. Sie machte auf dem Absatz kehrt, rannte an Enno und Menke vorbei und sprintete nach draußen. Sie umrundete das Haus. Ihr Instinkt hatte sie nicht getäuscht: Das Fenster stand weit offen. Und sie erblickte eine dunkelhaarige Gestalt im weißen Nachthemd, die Richtung Insel-Camping davonlief.

»Polizei! Bleiben Sie stehen!«

Die Frau beachtete Monas Ansage nicht, sondern setzte ihre Flucht fort. Eigentlich war es keine schlechte Idee, das weitläufige Gelände des Campingplatzes anzusteuern. Zwischen den Gebäuden und den zahlreichen Wohnwagen boten sich etliche Versteckmöglichkeiten. Dort konnte man eine Verfolgerin gewiss gut abschütteln. Allerdings hatte Mona nicht vor, es so weit kommen zu lassen. Die Kommissarin war gut in Form und verringerte den Vorsprung der Verdächtigen im Handumdrehen. Noch bevor die Frau das Campingareal erreichte, hatte Mona sie gepackt und ihr den Arm auf den Rücken gedreht.

»Aua, Sie tun mir weh!«

»Das ist nicht meine Absicht«, stellte Mona klar, »aber wenn Ihr Frühsport darin besteht, sich einer polizeilichen Befragung zu entziehen, dann machen Sie sich automatisch verdächtig. – Sind Sie Svenja Fassbinder?«

»Ja, die bin ich – und Onkel Wilfried war schon tot, als ich ihn in der Hütte gefunden habe!«, beteuerte die junge Frau.

Kapitel 4

Das kann ja jeder behaupten!, dachte die Kommissarin. Sie sagte: »Darüber reden wir am besten auf der Wache. Ich verhafte Sie jetzt unter dem dringenden Verdacht, Ihren Onkel Wilfried Fassbinder getötet zu haben.«

Nach dieser Ansage belehrte Mona die junge Frau über ihre Rechte. Svenja Fassbinder schien geschockt zu sein. Sie war nur unwesentlich größer als Mona und sehr zart gebaut. Ihre Kleidung bestand momentan nur aus dem dünnen Nachthemd und einem Slip. Waffen konnte die Kommissarin bei ihr nicht entdecken.

»Wenn Sie nicht noch einmal flitzen gehen, dann lasse ich Sie los und verzichte auf Handschellen«, bot Mona an.

»Ich werde keinen Ärger mehr machen«, beteuerte die Verdächtige. »Als Sie an meine Tür geklopft haben, kriegte ich Panik und wollte nur noch weg.«

Darauf erwiderte Mona nichts. Sie kehrte Seite an Seite mit Svenja Fassbinder zur Pension zurück, wo Enno und Menno Menke immer noch da standen, wo sie sich eben befunden hatten.

»Könntest du die Tür mit dem Generalschlüssel aufsperren, Menno?«, bat die Ermittlerin. »Frau Fassbinder möchte sich jetzt gern anziehen und uns zur Polizeistation begleiten.«

Der Pensionswirt kam dem Wunsch nach. Während der Oberkommissar auf dem Flur wartete, schlüpfte Svenja Fassbinder unter Monas wachsamen Blicken in Jeans, BH, Oberteil, Strümpfe, Sportschuhe und einen Kapuzenpullover. Ihr hüftlanges dunkelbraunes Haar steckte sie mit einem Holzkamm hoch.

»Ich bin übrigens Kommissarin Sander. Mein Kollege auf dem Korridor ist Oberkommissar Moll. – Haben Sie einen Ausweis für mich?«

Svenja Fassbinder drückte ihr wortlos ein Personaldokument in die Hand. Auf den ersten Blick sah es echt aus – diese Frau war vor zweiundzwanzig Jahren in Leverkusen geboren worden, auch ihre Meldeadresse befand sich in dieser Stadt. Mona fotografierte den Ausweis ab. Die kurze Fahrt zur Wache verlief schweigend. Enno platzierte die Verdächtige zunächst im Verhörraum, dann wandte er sich an Grietje: »Die Dame hat noch nicht gefrühstückt. Könntest du ihr bitte einen Tee kochen und ein paar von deinen legendären Jagdwurststullen schmieren?«

»Das ist eine meiner leichtesten Übungen«, behauptete die junge Polizeimeisterin augenzwinkernd. Mona befand sich bereits in ihrem Büro und arbeitete am PC. Als ihr Kollege zu ihr kam, sagte sie: »Svenja Fassbinder ist ein unbeschriebenes Blatt. Entweder hat sie noch keine Straftaten begangen oder sich dabei bisher nicht erwischen lassen.«

»Diese Frau erinnert mich an eine zarte Elfe«, meinte Enno. »Bekanntlich ist zum Strangulieren ein gewisser Kraftaufwand nötig. Ich weiß nicht, ob sie dazu in der Lage gewesen wäre.«

»Da gebe ich dir recht – allerdings hätte sie die Tat mit einer ordentlichen Portion Adrenalin im Blut vermutlich doch begehen können. Ich bin zugegebenermaßen selbst skeptisch, ob wir die Mörderin vor uns haben. Als ich Svenja Fassbinder eben in unbekleidetem Zustand gesehen habe, konnte ich an ihrem Körper keine Schrammen oder blauen Flecken feststellen. Ich gehe mal davon aus, dass ein Opfer sich verzweifelt wehren würde, wenn es mittels einer Kordel – Pardon: eines Zingulums – ins Jenseits befördert werden soll. Dann müssten auch beim Täter Blessuren erkennbar sein.«

»Hören wir uns doch gleich einmal an, was die junge Dame zu erzählen hat«, schlug Enno vor. Aber zunächst informierten die Kommissare Oltbeck über die Verhaftung und darüber, dass die Fahndung nach der Unbekannten sich erledigt hatte.

»Momentan spricht alles dafür, dass es sich bei der von den Zeugen bemerkten Frau um die Nichte des Opfers handelt«, teilte die Kommissarin ihrem Chef mit. Diese Neuigkeit verbesserte die Laune des Dienststellenleiters erheblich: »Ausgezeichnete Arbeit, Frau Sander! Es geht doch nichts über einen schnellen Ermittlungserfolg. Vielleicht ist der Onkel der Nichte ja zu nahe getreten, dann könnte ein Fall von Notwehr vorliegen. Verdeutlichen Sie der jungen Dame, dass sie unbedingt bei der Wahrheit bleiben muss.«

Über das Tatmotiv hatte Mona sich noch keine Gedanken gemacht. Sie glaubte jedenfalls nicht an einen Zufall, was die Wahl der Mordwaffe anging. Wenn jemand neben seinem bürgerlichen Namen noch einen Ordensnamen führte, lag die Verbindung zu einem Mönchsorden auf der Hand. Diese Überlegung behielt sie momentan für sich, denn Oltbeck würde sie wahrscheinlich als wilde Spekulation abtun. Enno sagte: »Sobald die Befragung der Verdächtigen neue Erkenntnisse bringt, geben wir Ihnen Bescheid.«

Mit dieser Aussicht schien der Chef zufrieden zu sein, und die beiden verließen sein Büro. Als sie wenig später den Verhörraum betraten, hatte Svenja Fassbinder sich gerade gestärkt. Sie schob sich den letzten Bissen des belegten Graubrots in den Mund und spülte ihn mit Tee herunter. Die junge Frau wirkte jetzt nicht mehr so unruhig wie bei ihrer Verhaftung. Weil sie sich eine gute Lügengeschichte ausgedacht hatte oder weil sie unschuldig war? Mona wusste noch nicht, was sie von dieser Person halten sollte. Sie fragte: »Möchten Sie mit einem Rechtsbeistand Kontakt aufnehmen?«

»Das wird nicht nötig sein, Frau Sander. Ich habe mit dem Tod meines Onkels nichts zu tun.«

»Wann haben Sie Wilfried Fassbinder das letzte Mal lebend gesehen?«, wollte Enno wissen. Die Nichte antwortete prompt: »Das war gestern Abend, gegen 18 Uhr. Onkel Wilfried und ich haben in einer Milchbude etwas gegessen – er eine Bockwurst mit Kartoffelsalat und ich einen Milchreis. Dann hat er sich von mir verabschiedet. Er wollte mit dem Bus zur Deichstraße fahren und von dort aus zur Kiekhütte wandern. Mein Onkel hoffte, nachts eine Sumpfohreule oder eine Krickente fotografieren zu können. Ich blieb noch ein wenig am Strand, später kehrte ich in die Pension zurück. Als ich Onkel Wilfried anrief und sein Telefon ausgeschaltet war, machte ich mir Sorgen. Also nahm ich mein Leihrad und fuhr auch bis zur Deichstraße, wo ich es zurückließ. Dann ging ich zu Fuß zu dem Holzschuppen, wo ich ihn tot auffand. Ich geriet in Panik und rannte weg.«

Mona rechnete im Kopf nach. Sie selbst kannte sich auf Borkum gut aus und hätte die Strecke von der Pension in der Richthofenstraße bis zur Kiekhütte innerhalb einer Viertelstunde geschafft. Wenn sie Svenja für dieselbe Route dreißig Minuten zubilligte – zumal sie den restlichen Weg ja offenbar zu Fuß zurückgelegt hatte – stimmten die Angaben nicht. Mona hakte nach: »Sie haben um 18 Uhr Ihrem Onkel Tschüs gesagt, und eine Stunde später wollen Sie bereits seinen Leichnam entdeckt haben? Dann muss die Sehnsucht nach Ihrem Onkel ja sehr groß gewesen sein.«

Der ironische Tonfall der Kommissarin entging der Verdächtigen nicht. Sie runzelte die Stirn und erwiderte: »Das hat mit Sehnsucht nichts zu tun. Er fühlte sich bedroht und hatte deshalb ständig sein Smartphone eingeschaltet. Wenn er im Naturschutzgebiet die Vögel nicht erschrecken wollte, stellte er den Vibrationsalarm an. Mein Onkel hätte also meinen Anruf in jedem Fall bemerken müssen.«

Bei dem Toten war kein Telefon gefunden worden, wie Mona sich vor Augen führte. Ob der Mörder es mitgenommen oder vernichtet hatte? Momentan beschäftigte die Kommissarin eine andere Frage: »Von wem wurde Ihr Onkel verfolgt?«

»Das hat er mir nicht verraten, Frau Sander – wahrscheinlich, um mich zu schützen.«

Ob diese Begründung zutreffend war? Mona kam zunächst auf einen anderen Punkt zu sprechen: »Angenommen, wir glauben Ihnen – warum haben Sie nicht sofort die Polizei verständigt, als Sie Ihren toten Onkel fanden?«

»Ich konnte in dem Moment keinen klaren Gedanken fassen«, behauptete Svenja Fassbinder und fuhr zögernd fort: »Außerdem … als ich das Weite suchte, kam mir eine Gruppe Pfadfinder entgegen. Mir war klar, dass sie wenig später Onkel Wilfried finden würden. Und dann wäre ich in ihren Augen vielleicht sogar die Mörderin. Deshalb sagte ich nichts, sondern rannte weiter. Das war vermutlich ein Fehler, aber zu der Zeit traf ich diese Entscheidung.«

»Und später hielten Sie es auch nicht für nötig, die Behörden zu verständigen«, stellte Enno fest. Die Antwort lautete: »Ich vermutete, dass diese Pfadfinder von sich aus Alarm geben würden – die müssen doch immer gute Taten vollbringen, oder?«

Auf diese Frage antworteten die Kommissare nicht. Enno ließ sich von der Verdächtigen Wilfried Fassbinders Mobilfunknummer diktieren, um später das Handy orten zu lassen. Mona machte sich nicht viele Hoffnung, dass diese Aktion etwas nützen würde.

»Sie sind also von der Kiekhütte weggelaufen – und was geschah dann?«, wollte Mona von Svenja Fassbinder wissen.

»Ich bin zur Pension gefahren und habe mich in den Schlaf geweint.«

»Nachdem Sie ein Lied geträllert haben, während Sie auf die Pfadfinder trafen? Welches Stück war das überhaupt?«

»Ich weiß nicht, wie das Lied heißt. Es ist italienischer Pop, der momentan oft im Radio gespielt wird. – Und ich habe gesungen, um mich zu beruhigen.«

Die Kommissarin wusste nicht, ob sie diese Behauptung für besonders dreist oder höchst plausibel halten sollte. Sie wurde aus dem Verhalten der Verdächtigen nicht schlau, deshalb schürfte sie etwas tiefer: »Wie würden Sie Ihr Verhältnis zu Ihrem Onkel beschreiben?«

»Er und ich haben einander vertraut. Er war für mich immer die ältere Respektsperson, die ich in meinem Leben vermisst habe«, sagte Svenja Fassbinder und ergänzte: »Meine Eltern reisen in der Welt herum und sind nie für mich da gewesen. Mein Onkel ist – war – mein wichtigstes Familienmitglied.«

Mona hätte diese Worte vielleicht sogar geglaubt, wenn sie nicht so leidenschaftslos vorgetragen worden wären. Die Verdächtige sprach, als ob sie einen auswendig gelernten Text aufsagen wurde. Auch Enno war dies nicht entgangen, wie die Kriminalistin durch einen Seitenblick feststellte. Sie konnte meist sehr gut einschätzen, was im Inneren ihres Kollegen vor sich ging. Auch der Ostfriese war gegenüber Svenja Fassbinder höchst misstrauisch. Er fragte: »Was können Sie uns über die Zeit Ihres Verwandten als Mitglied eines Mönchsordens sagen?«

»Darüber hat Onkel Wilfried nicht gern gesprochen, Herr Moll. Ich weiß nur, dass es vor Jahren ein Zerwürfnis zwischen ihm und dem Abt seiner Bruderschaft gegeben haben muss, woraufhin mein Onkel die Kutte ablegte. Seitdem verdient er sein Geld als freier Handelsvertreter.«

Ist das wirklich so?, dachte Mona. Natürlich war sie sich darüber im Klaren, dass es seriöse Handelsvertreter gab, die nichts zu verbergen hatten. Andererseits: Jeder konnte sich einen Gewerbeschein besorgen, um sich eine Tarnexistenz aufzubauen und in Wirklichkeit krumme Geschäfte zu machen. Die Kommissarin wollte unbedingt herausfinden, warum genau Fassbinder das Mönchsgewand an den Nagel gehängt hatte oder ablegen musste. Aber vorerst interessierte die Ermittlerin sich noch für einen anderen Punkt: »Welche Bedeutung würden Sie dem Vogel beimessen?«

Diese Frage schien die Verdächtige zu überraschen.

»Von welchem Vogel sprechen Sie?«

Mona zog ihr Smartphone aus der Tasche und zeigte ein Foto von dem hölzernen Piepmatz, der in der erstarrten Rechten des Toten lag. Svenja schüttelte den Kopf: »Als ich Onkel Wilfried in der Hütte fand, hatte er diese Schnitzerei nicht in der Hand.«

»Sind Sie sicher? So gut waren die Lichtverhältnisse dort ja nun wirklich nicht«, stellte die Kommissarin fest.

»Da war kein Vogel, den hätte ich bemerkt«, beharrte die Verdächtige, »denn ich habe ja noch versucht, am rechten Handgelenk seinen Puls zu fühlen. Aber da lebte er schon nicht mehr, für den Ärmsten kam jede Hilfe zu spät.«

Nun tupfte die Nichte ein wenig mit einem Papiertaschentuch unter ihrem linken Auge – was theatralisch und unglaubwürdig wirkte, zumal sie gar nicht wirklich weinte. Bildete sie sich ernsthaft ein, erfahrene Kriminalbeamte mit solchen Luftnummern hinters Licht führen zu können?

»Was machen Sie eigentlich beruflich?«, fragte Enno. Svenja Fassbinder hob das Kinn und erwiderte: »Ich bin Musikerin.«

»Welches Instrument spielen Sie?«

»Ich singe, Herr Moll.«

»In welcher Tonlage?«, hakte der Oberkommissar nach. Die Verdächtige rümpfte die Nase und schaute ihn so vernichtend an, als ob er eine Zweideutigkeit von sich gegeben hätte: »So eine klassische Einordnung ist mir zu spießig, ich bin ein Naturtalent.«

Einbildung ist auch eine Bildung, dachte Mona und sagte: »Ich nehme an, dass Sie noch am Anfang Ihrer großen Karriere stehen?«

»So ist es, und diesen ironischen Unterton sollten Sie sich verkneifen. Mein Onkel hat an meine Zukunft geglaubt und wollte mich fördern. Aber ich bin sicher, dass ich es auch ohne ihn ganz an die Spitze schaffen werde.«

»Sie sollten sich jedenfalls abgewöhnen, vor der Polizei wegzulaufen – dadurch machen Sie sich nämlich nur verdächtig«, gab die Kommissarin unbeeindruckt zurück. Sie fuhr fort: »Da Sie nicht vorbestraft sind und über einen festen Wohnsitz verfügen, setzen wir Sie auf freien Fuß. Sie stehen aber weiterhin unter Mordverdacht. Falls Sie die Insel verlassen wollen, müssen Sie sich bei uns abmelden.«

»Warum hätte ich Onkel Wilfried töten sollen? Sie werden schon merken, dass ich unschuldig bin. Finden Sie lieber den wahren Mörder!«

»Dabei können Sie uns helfen«, erklärte Enno freundlich. »Uns würde beispielsweise interessieren, in welchem Kloster Ihr Onkel Mönch gewesen ist. – Und dann benötigen wir noch die Kontaktdaten Ihrer Eltern.«

»Was wollen Sie denn von meinem Vater und meiner Mutter? Ich habe Ihnen doch gesagt, dass die beiden nicht in Deutschland sind, wahrscheinlich noch nicht einmal in Europa.«

»Rücken Sie einfach die Informationen heraus, desto eher können Sie die Wache verlassen«, forderte Mona gereizt. Zögernd nannte die Verdächtige den Namen und die Mobilnummer ihres Vaters Thomas Fassbinder. Sie fügte hinzu: »Papa ist Unternehmensberater. Sie müssten ihn eigentlich Tag und Nacht erreichen können – für seine Kunden ist er jedenfalls immer zu sprechen.«

»Falls Ihnen noch jemand einfällt, der Ihrem Onkel nach dem Leben getrachtet haben könnte, dann teilen Sie es uns bitte mit«, sagte Enno zum Abschied. Natürlich hatte die junge Frau zuvor auch ihre eigene Telefonnummer mitteilen müssen.

»Das werde ich tun – allein schon, damit dieser absurde Verdacht gegen mich aus der Welt geschafft wird«, erwiderte Svenja Fassbinder. Mona brachte sie höchstpersönlich zum Ausgang und schaute der Verdächtigen nach, wie sie hocherhobenen Hauptes Richtung Inselbahnhof davoneilte.

»Brauchst du noch ein Blumenmädchen für deine Hochzeit?«, fragte Grietje mit hoher Kinderstimme. Die Kommissarin schüttelte lachend den Kopf: »So weit ist die Planung noch nicht vorangeschritten. Aber du bist hoffentlich beim Polterabend dabei. Porzellan zu zerschlagen, sollte dir doch nicht weiter schwerfallen!«

»Ich werde mir die größte Mühe geben«, versicherte die sommersprossige Polizistin mit Unschuldsmiene. Als Mona in den Verhörraum zurückkehrte, packte Enno gerade seine Unterlagen zusammen.

»Was hältst du von dem Herzchen?«, wollte sie von ihrem Kollegen wissen.

»Wenn du mich fragst, dann hat die junge Dame uns eine bemerkenswerte Mischung aus Dichtung und Wahrheit aufgetischt. In einem Punkt fand ich sie jedenfalls überzeugend.«

»Wovon sprichst du?«, fragte die Kommissarin.

»Ich meine den Holzvogel. – Warum hätte sie leugnen sollen, dass ihr Onkel den Gegenstand in der Hand hielt? Um den Verdacht von sich selbst abzulenken? Das würde voraussetzen, dass wir eine Verbindung zwischen dem Piepmatz und Svenja Fassbinder herstellen können. Darauf deutet aber nichts hin. Und falls die Nichte wirklich die Mörderin ist und jemand anders den Vogel bei der

Leiche platziert hat – aus welchem Grund sollte sie in dem Fall behaupten, dass die Elster bei ihrem Weggang noch nicht da war? Wenn sie schuldig ist, wäre es cleverer gewesen, den Verdacht auf die Person mit dem Vogel zu lenken.«

Mona war nicht sicher, ob sie dieser Überlegung folgen konnte. Aber sie akzeptierte, dass Enno erfahrener war als sie. Wenn seine Gedanken in diese Richtung gingen, würde es dafür schon einen guten Grund geben. Und ihr war noch ein Detail aufgefallen: »Woher weißt du, dass diese Schnitzerei eine Elster darstellen soll?«

»Das sieht man doch.«

»Ich habe es nicht erkannt.«

»Elstern findet man überall, auch auf dem Festland. Wahrscheinlich fehlt dir einfach der Sinn für die Unterschiede zwischen unseren gefiederten Freunden.«

»Diesen Makel werde ich wohl nie los, auch wenn ich den Rest meines Lebens durch das hiesige Naturschutzgebiet streife«, erwiderte Mona mit einem schiefen Grinsen. Aber noch während sie ihre scherzhaft gemeinten Worte aussprach, wurde ihr klar, dass sie über ihre Zukunft sprach. Sie würde einen Insulaner heiraten und zum ersten Mal in ihrem Leben Hausbesitzerin sein. Das waren keine Aussichten, die sie schreckten – schließlich liebte sie Borkum, und vor allem natürlich Jan. Dennoch hatte Mona sich nie zuvor Gedanken darüber gemacht, dass ihr weiterer Lebensweg nun mehr oder weniger vorgezeichnet war. Fest stand: Die Einheimischen waren stolz auf die große Vielfalt ihrer Tier- und Pflanzenwelt. Vielleicht würde die Kommissarin in absehbarer Zeit wenigstens einen Basstölpel von einer Silbermöwe unterscheiden können.

»Bevor wir Svenja Fassbinders Vater anrufen, sollten wir mit Manning sprechen, wie du vorgeschlagen hast«, sagte Enno, »vielleicht hatte er ja wirklich Kontakt zu seinem Vogelkundler-Kollegen.«

»Ja, einen Versuch ist es wert – bisher hat der agile Senior sich ja stets als sehr hilfsbereit erwiesen«, erwiderte Mona. Sie hatte immer noch den Verdacht, dass Manning sich als Spanner betätigte. Solange kein konkreter Verdacht bestand oder er von einer Frau angezeigt wurde, waren den Ermittlern die Hände gebunden. Aber ebenso gut war es möglich, dass der betagte Eigenbrötler einfach nur gern die Polizei unterstützte. Die Kommissarin hatte in ihrem Beruf schon oft genug lernen müssen, dass die Dinge selten so waren, wie sie auf den ersten Blick erschienen. Mona und Enno fuhren los. Sie hatten Glück, denn Manning war daheim. Natürlich hätten sie ihn zuvor anrufen können – aber die Kriminalistin zog es vor, ihn zu überrumpeln. Nachdem sie geklingelt hatte, öffnete er die Tür. Der Vogelkundler war ein hagerer und unscheinbar wirkender Mann, der meist Cordhosen und Rollkragenpullover trug, wenn nicht gerade heißeste Sommertemperaturen herrschten. Er wirkte im ersten Moment erschrocken, als er die Zivilbeamten erblickte.

Aber dann erschien auf seinen Lippen ein scheues Lächeln: »Moin, was für eine Überraschung! Was kann ich für euch tun?«

Mona stach der Hafer. Sie schaute ihm tief in die Augen und schnitt ein besonders finsteres Gesicht.

»Kannst du dir nicht denken, weshalb wir hier sind?«, grollte sie. Manning rutschte offenbar das Herz in die Hose. Er machte instinktiv einen Schritt rückwärts.

»Ich habe nichts getan!«, beteuerte er.

»Das weiß ich doch, du würdest dir bestimmt keinen Ärger einhandeln wollen«, sagte Mona lachend und kniff ihm spielerisch in die Wange. Sie fügte ernst hinzu: »Du weißt schließlich genau, dass uns auf dieser Insel nichts entgeht.«

»Wir brauchen deine Hilfe bei einer Mordermittlung«, sagte Enno.

»Worum geht es denn genau?«, fragte Manning eifrig. Die Kommissarin antwortete, indem sie ihm ein Foto von Fassbinders Personalausweis zeigte. Der Vogelkundler setzte seine Brille auf, dann nickte er: »Ja, diesem Mann bin ich vor einigen Tagen im Naturschutzgebiet begegnet. Ich dachte mir gleich, dass etwas mit ihm nicht in Ordnung ist.«

»Wie kamst du zu dieser Annahme, Klaas?«

»Weil er mit einer Steinschleuder schießen geübt hat, Enno.«

Kapitel 5

Das war eine Information, mit der Mona nicht gerechnet hatte. Und Enno ging es genauso, wie ihr ein Seitenblick auf sein Gesicht bewies.

»Also sprichst du von einer Zwille?«, vergewisserte sich der Oberkommissar. »War sie mit einer Unterarmstütze versehen?«

Manning schien verwirrt: »Ich weiß nicht … auf die Entfernung konnte ich das nicht erkennen. Wieso, besteht da ein Unterschied?«

»Allerdings«, betonte Mona und erklärte: »Eine sogenannte Präzisionsschleuder mit Unterarmstütze ist in Deutschland eine verbotene Waffe, weil die Durchschlagskraft der Geschosse mit der eines Kleinkalibergewehrs vergleichbar ist. Aber auch ›normale‹ Steinschleudern darf man nur auf dem eigenen Grundstück benutzen und damit nicht auf Menschen zielen.«

Enno fügte hinzu: »Erzähle uns am besten, wie genau sich diese Begegnung mit der Person abgespielt hat, Klaas.«

Der Vogelkundler begann stockend zu berichten: »Ich war frühmorgens im Ostland unterwegs, kurz nach Sonnenaufgang. Da ist es besonders ruhig, wie ihr euch denken könnt. In der Nähe des Strandes kam mir dieser Mann entgegen. Wir grüßten einander, unsere Wege kreuzten sich. Ich verlor ihn aus den Augen. Ich vertiefte mich in die Beobachtung einiger Silbermöwen. Es verging ungefähr eine halbe Stunde, als ich plötzlich ein metallisches Geräusch hörte, das überhaupt nicht ins Naturschutzgebiet passte. Das machte mich natürlich neugierig. Ich folgte den Tönen und sah den Mann wieder. Er hielt eine Steinschleuder in den Händen. Im ersten Moment dachte ich, er würde auf Vögel schießen – und das geht natürlich überhaupt nicht. Aber dann entdeckte ich, dass sein Ziel ein Hinweisschild aus Blech war. Und tatsächlich traf er mit einem seiner Geschosse. So entstand dieser Ton, den ich schon zuvor gehört hatte.«

»Hast du den Schützen auf sein Tun angesprochen?«

»Nein, Mona. Er hat mich gar nicht bemerkt, glaube ich – denn bei dem zweiten Zusammentreffen wandte er mir den Rücken zu. Aber es war dieselbe Person, da bin ich absolut sicher. Die meisten Menschen werden ja aggressiv, wenn sie von Fremden kritisiert werden. Außerdem war mir nicht bewusst, dass er etwas Verbotenes tat.«

»Du hieltest es jedenfalls nicht für notwendig, die Polizei zu verständigen«, stellte Mona fest. Manning fühlte sich offenbar gar nicht wohl in seiner Haut.

»Ich wusste nicht, was ich tun sollte«, beteuerte er. »Natürlich hat er das Schild beschädigt, aber ich wollte keinen Ärger mit diesem Typen. Wenn er herausbekommen hätte, dass ich ihn angeschwärzt habe, wäre ich vielleicht sein nächstes Zielobjekt geworden.«

Die Kommissarin kannte Manning inzwischen schon seit einigen Jahren und hielt ihn für einen konfliktscheuen Leisetreter. Immerhin hatte er überhaupt von den Schießübungen des späteren Mordopfers berichtet und dadurch die Ermittlungen vorangebracht. Und man konnte von einem Laien nicht erwarten, dass er mit den Besonderheiten des deutschen Waffenrechts vertraut war.

»Du warst uns eine große Hilfe, Klaas«, lobte Enno. »Bitte komm im Lauf des Tages zur Wache, damit wir deine Aussage schriftlich niederlegen können.«

»Ich verspreche auch, dich nicht zu verhaften«, sagte Mona, wobei sie eine Unschuldsmiene aufsetzte. Manning schaute sie verwirrt an, dann beschloss er, ihren Spruch als Scherz aufzufassen. Sein Lachen klang allerdings ziemlich gekünstelt.

»Musst du den alten Knaben bei jeder Gelegenheit ärgern?«, fragte der Oberkommissar mit einem milden Tadel in der Stimme, als sie wenig später wieder im Auto saßen.

»Es ist nur zu Klaas' Bestem, wenn er sich vom FKK-Strand fernhält«, behauptete Mona, »betrachte doch meine Bemerkungen als eine spezielle Form der *Gefährderansprache* – aber Scherz beiseite: Wenn Manning die Wahrheit gesagt hat – wovon ich ausgehe – aus welchem Grund hantierte Fassbinder mit einer Steinschleuder?«

»Weil er damit rechnete, attackiert zu werden«, lautete Ennos Vermutung. »Wir sollten jetzt sein Pensionszimmer durchsuchen. Ich rechne allerdings nicht damit, dass wir die Zwille dort finden.«

»Du glaubst, dass der Mörder sie mitgenommen hat?«, hakte Mona nach.

»Ja, genau wie das Smartphone. – Und übrigens halte ich es für keinen Zufall, dass ein Mönch – oder ehemaliger Mönch – sich ausgerechnet mit einer Steinschleuder bewaffnet.«

»Weil diese Dinger sich einfacher beschaffen lassen als eine Pistole oder ein Revolver auf dem Schwarzmarkt?«, fragte sie.

»Ja, das ist auch ein Grund. Ich dachte allerdings eher an einen biblischen Bezug.«

»Da muss ich passen«, gestand Mona. »In der Heiligen Schrift kenne ich mich nicht so gut aus, ich wurde eher weltlich erzogen.«

»Die Geschichte von David und Goliath wirst du aber bestimmt kennen«, erwiderte ihr Kollege, »die Waffe, mit der dieser furchteinflößende Riesenkrieger besiegt wurde, war eine Steinschleuder. – aber man muss nicht bibelfest sein, um die Vorzüge einer Zwille zu erkennen. Sie ist nämlich lautlos und lässt sich leicht verstecken. Von daher sollten wir nicht ausschließlich an Verteidigung, sondern auch an eine Attacke durch Fassbinder denken.«

Mona stimmte zu: »Auf jeden Fall wird er damit gerechnet haben, die Schleuder einsetzen zu müssen – andernfalls hätte er wohl nicht das Schießen geübt.«

Während die Kommissare miteinander sprachen, hatten sie bereits ihr Fahrtziel erreicht. Enno parkte vor der Pension, und Mona rief erneut ihren Vorgesetzten an: »Liegt der Durchsuchungsbeschluss inzwischen vor?«

»Ja, die Staatsanwaltschaft war fix – ich schicke Ihnen das Dokument umgehend auf Ihr Handy«, erwiderte Oltbeck. Als die Ermittler gleich darauf die Pension Menke wieder betraten, fanden sie den Frühstücksraum verwaist vor. Die Gäste nutzten offenbar das schöne Wetter aus und erkundeten die Insel. Mona zeigte dem Besitzer den Durchsuchungsbeschluss und sagte: »Wir müssen uns im Zimmer des Mordopfers umschauen.«

Menke überflog das offizielle Schreiben kurz, dann schloss er die Zimmertür auf. Mona hatte keine allzu genauen Vorstellungen von Klosterleben. Sie vermutete aber, dass Mönche auf Ordnung hielten – wer nur wenige irdische Habseligkeiten besaß, konnte damit kein heilloses Durcheinander veranstalten. Ihre Ansichten wurden vom Anblick des Pensionszimmers bestätigt. Menkes Gästeunterkünfte waren schlicht, aber sauber und gemütlich. Fassbinder hatte Hausschuhe mitgebracht, die parallel zueinander neben dem Nachtschrank standen. Darauf befand sich ein Notizblock, genau auf Kante mit dem darunter liegenden Buch. Es trug den Titel *Der Kirchenschatz des Akazienkonvents*. Mona hatte genau wie ihr Kollege bereits Latexhandschuhe übergestreift. Sie schaute sich zunächst an, ob Fassbinder etwas in den Block geschrieben hatte. Die

Handschrift ließ sich gut erkennen, nur die Worte waren problematisch.

»Du sprichst nicht zufällig Latein, Enno?«

»Wir sind hier auf Borkum und nicht im Vatikan«, scherzte er und fügte hinzu: »Hat Fassbinder diese Sprache für seine Notizen benutzt?«

»Ja, genau. Das macht aber nichts, wozu habe ich schließlich eine Übersetzungsapp? Der technische Fortschritt macht auch vor unserer idyllischen Insel nicht halt.«

Während die Kommissarin Fassbinders Notizen in ihr Smartphone tippte, schaute sie sich im Zimmer um. Die Möblierung bestand aus einem Bett, einem Schrank, einem kleinen Schreibtisch nebst Stuhl sowie einem an der Wand befestigten TV – üblicher Standard in einer preiswerten Borkumer Frühstückspension. Die Dekoration bestand aus einem künstlerischen Foto, das ein Strandzelt im Abendlicht zeigte. Enno hatte den Kleiderschrank geöffnet. Er enthielt nur wenige Textilien, die genauso akkurat einsortiert waren, wie Mona es erwartet hatte. Sie kratzte sich nachdenklich im Nacken, als sie das Übersetzungsergebnis bekam: »Diese Stichpunkte bringen uns auch nicht weiter, fürchte ich. Hier steht: ›Refektorium – Truhe‹ Und dann noch: ›sieben Stufen abwärts‹, ›zwei Mal drehen‹ und ›Vollmond Mitternacht‹.«

»Refektorium wird der Speisesaal in einem Kloster genannt, das Wort hatte ich mal in einem Kreuzworträtsel. – Auf die restlichen Notizen kann ich mir auch keinen Reim machen«, gestand der Oberkommissar. Er fügte hinzu: »Im Schrank ist jedenfalls keine Zwille zu sehen, auch keine Munition. Warum könnte Fassbinder sich für das Buch interessiert haben?«

»Vielleicht hatte er ja eine heimliche Vorliebe für irdische Besitztümer«, vermutete Mona, »denn hier werden genau die Einzelteile des sakralen Geschmeides beschrieben, aus denen dieser Kirchenschatz besteht – Messpokale, die mit Edelsteinen verziert sind, Kreuze aus purem Gold und so weiter. Aber Fassbinder kann nicht zu der Glaubensgemeinschaft gehört haben, bei dem diese Reichtümer aufbewahrt werden – das *Akazienkonvent* ist offenbar ein Nonnenkloster, wenn ich das richtig verstanden habe. Hier ist ein Gruppenfoto, sieh selbst.«

Sie klappte das Buch auf und zeigte ihrem Kollegen eine Aufnahme von einem Dutzend ernst wirkender Ordensschwestern.

»Das Ornat der Frauen ist zeitlos, aber das Auto im Hintergrund wird seit mindestens fünfzig Jahren nicht mehr hergestellt«, stellte Enno fest, nachdem er seine Brille aufgesetzt und das Bild näher betrachtet hatte. Er fragte: »Existiert das *Akazienkonvent* überhaupt noch?«

»Ich weiß es nicht, aber das werden wir herausfinden«, sagte Mona. Sie nahm das Buch und den Notizblock mit zur Wache. Vielleicht würden die Gegenstände bei den weiteren Ermittlungen noch eine Rolle spielen. Nur die Kleidung im Schrank war auf den ersten Blick unverfänglich. Als die Kommissare das Zimmer verließen, brachte Enno an der Tür ein polizeiliches Siegel an. Menke machte ein langes Gesicht: »Also darf ich das Zimmer vorerst nicht weitervermieten?«

Mona antwortete: »Erraten – genauer gesagt ist es sogar eine Straftat, ein amtliches Siegel zu beschädigen. – Hast du Fassbinder eigentlich mal mit einer Steinschleuder hantieren sehen?«

Der Pensionswirt schaute sie fassungslos an. Wahrscheinlich glaubte er, dass sie sich über ihn lustig machen wollte.

»Wir haben Grund zu der Annahme, dass dein Gast eine Zwille besessen hat«, erklärte Enno. Menke zuckte mit den Schultern: »Na, wenn das so ist … Herr Fassbinder machte auf mich einen sehr seriösen Eindruck, deshalb war ich eben so erstaunt.«

»Hatte er eigentlich Kontakt zu anderen Urlaubern in deiner Pension? Oder bekam er Besuch?«, wollte Mona wissen.

»Davon ist mir nichts bekannt … aber vorhin war so ein aufdringlicher Typ hier, der unbedingt mit Svenja Fassbinder sprechen wollte. Er hat mir ein Loch in den Bauch gefragt: Wo sie sich aufhalten würde, wann sie wiederkäme, ob sie in Begleitung sei … ich schlug ihm vor, sie einfach anzurufen. Darauf erwiderte er nichts. Ich kann mir lebhaft vorstellen, dass sie die Gespräche wegdrückt, sobald er sich bei ihr meldet.«

»Kannst du uns die Person beschreiben, Menno?«, bat der Oberkommissar. Menkes Augen leuchteten. Er spürte, dass seine Aussage wichtig sein konnte. Wie die meisten seiner Berufskollegen war auch er ein guter Beobachter: »Der Kerl ist so ein richtiger Schönling. Ich schätze ihn auf Anfang bis Mitte dreißig, braun gebrannt und sportlich wirkend. Er ist ungefähr so groß wie ich, also eins achtzig. Seine Haare sind dunkelblond und fallen bis auf die Schultern. Vorhin trug er eine Cargohose, weiße Sportschuhe und einen hellgrauen Kapuzenpullover. Ach ja, und er war glattrasiert.«

Menkes Beschreibung war ziemlich genau – allerdings gab es auf Borkum vermutlich einige Männer, auf die seine Angaben zutrafen. Und ob jemand gutaussehend war oder nicht, lag schließlich im Auge des Betrachters. Mona würde in Bälde jemanden heiraten, den die meisten Frauen gewiss für unscheinbar hielten. Sie wollte aber trotzdem gar keinen anderen. Die Kommissarin riss sich von ihren privaten Gedanken los und sagte: »Rufst du uns bitte sofort an, falls der Typ sich noch einmal blicken lässt? Seinen Namen hat er wohl nicht zufällig genannt?«

»Ja, ich gebe euch gern Bescheid. – Und nein, ich weiß nicht, wie er heißt. Ehrlich gesagt war ich froh, als er abgezogen ist. Der hat mich nur von der Arbeit abgehalten.«

»Dann wollen wir dir nicht auch noch die Zeit stehlen«, meinte Enno augenzwinkernd. »Bis später, Menno.«

»Ob die zukünftige Starsängerin schon ihren ersten Fan hat?«, dachte Mona laut nach, während die beiden wenig später Richtung Polizeistation fuhren.

»Das ist eine Möglichkeit, wobei ich Svenja Fassbinders Musikkarriere mit einem großen Fragezeichen versehen würde«, gab ihr Kollege zurück und fügte hinzu: »Schlimmer wäre es, wenn der attraktive Bursche zu den Leuten gehört, die angeblich hinter ihrem Onkel her waren. Und Svenja selbst ist nach wie vor tatverdächtig, auch wenn ich bei ihr noch kein überzeugendes Mordmotiv erkennen kann.«

»Also ist sie entweder die Täterin oder läuft Gefahr, zum nächsten Opfer zu werden«, stellte Mona grimmig fest.

»Vielleicht kann ihr Vater etwas Licht ins Dunkel bringen«, erwiderte der Oberkommissar.

»Es wäre besser, wenn du ihn anrufen würdest«, meinte Mona.

»Aus welchem Grund? Leidest du unter akuter Schüchternheit?«

»Sehr witzig, Enno! – Nee, ich will ein wenig mehr über dieses *Akazienkonvent* herausbekommen. Dieser Nonnenorden war für Fassbinder so wichtig, dass er dieses Buch über die Glaubensgemeinschaft als Einziges mit in seinen Borkumurlaub genommen hat. Hinzu kommen diese rätselhaften Kritzeleien in lateinischer Sprache – und dann ist da auch noch dieser Holzvogel, den du für eine Elster hältst. Das sind meiner Meinung nach lauter Auffälligkeiten, die mit seinem gewaltsamen Tod zu tun haben könnten.«

»Gut, du hast mich überzeugt. Es ist sowieso besser, wenn wir uns die Arbeit aufteilen«, sagte er. Nachdem die beiden wieder die Wache betreten hatten, schaltete die Kommissarin ihren PC ein. Ihr Kollege griff zum Telefon und rief die Nummer an, die er von Svenja Fassbinder bekommen hatte. Da der Lautsprecher eingeschaltet war, konnte Mona das folgende Telefonat mithören. Zunächst ertönte mehrfach ein Freizeichen, dann meldete sich eine tiefe Männerstimme.

»Wer ist da?«

Im Hintergrund erklangen beschwingte Melodien und Stimmengewirr. Svenjas Vater schien sich in einem Lokal aufzuhalten – oder an einem Strand? Im Hintergrund pries jedenfalls eine andere Person lauthals *Helado* und *Limonada* an – Eiscreme und Limonade.

»Moin, ich bin Oberkommissar Moll von der Polizei Borkum. Spreche ich mit Thomas Fassbinder?«

Es entstand eine kurze Pause, dann kam zögernd die Antwort: »Ja, der bin ich. Was will die deutsche Polizei von mir? Ich befinde mich momentan in Lloret del Mar.«

»Herr Fassbinder – leider muss ich Ihnen mitteilen, dass Ihr Bruder Wilfried nicht mehr lebt. Wir gehen von einem Tötungsdelikt aus.«

Der Ton macht die Musik – selten war diese Binsenweisheit so zutreffend wie beim Überbringen einer Todesnachricht. Mona war der Meinung, dass die ruhige und vertrauenerweckende Stimme ihres Kollegen eine solche Hiobsbotschaft zumindest halbwegs erträglich machen konnte. Erneut verstummte Thomas Fassbinder – nur das Leben um ihn herum pulsierte ungebremst weiter. Die Kommissarin konzentrierte sich auf ihre eigenen Recherchen. Wenig später fand Thomas Fassbinder die Sprache wieder: »Das mag für Sie herzlos klingen, aber es musste mit Wilfried wahrscheinlich wirklich ein böses Ende nehmen. Er hat sich von der Familie abgewandt, ist in schlechte Gesellschaft geraten. Mein Bruder ist – war – ein richtiger Krimineller. Das lässt sich leider nicht beschönigen. Und solche Menschen sterben wohl selten friedlich im Bett, das werden Sie besser wissen als ich.«

Enno hob seine Augenbrauen – bei ihm ein untrügliches Zeichen für sein Erstaunen. Das konnte Thomas Fassbinder natürlich nicht sehen. Der Oberkommissar machte mit seinen nächsten Worten aus seiner Verblüffung kein Hehl: »Diese Information ist neu für mich, Herr Fassbinder. Nach unserem Kenntnisstand war Ihr Bruder keineswegs ein Verbrecher, sondern hat ein Leben hinter Klostermauern geführt. Dabei hat er den Ordensnamen Ottmar angenommen.«

»Hat Wilfried dies behauptet? Mein Bruder war ein Lügner, der seine Machenschaften wohl mit einer gewissen Raffinesse ausgeführt hat. – Vielleicht kam er durch meine Tochter Svenja auf die Idee, sich als gläubiger Kirchenmann auszugeben. Sie hat sich nämlich vom weltlichen Dasein abgewandt und ist in ein Nonnenkloster eingetreten – es heißt *Akazienkonvent*, wenn ich mich richtig erinnere.«

Kapitel 6

Was kommt denn noch alles ans Tageslicht?, schoss es Mona durch den Kopf. Sie hatte bereits den Verdacht gehabt, dass Svenja Fassbinder es mit der Wahrheit nicht allzu genau nahm. Aber warum leugnete die junge Frau ihr Leben als »Braut Christi« und gab sich stattdessen als vielversprechendes Gesangstalent aus? Natürlich – als Mitglied des Akazienkonvents wäre sie automatisch mit dem Buch aus dem Zimmer ihres Onkels in Verbindung gebracht worden und hätte sich weiteren unangenehmen Fragen stellen müssen. Und wenn sie nun gar nichts von dem Werk über das Akazienkonvent gewusst hatte? Der Kommissarin schwirrte der Kopf. Und dann entdeckte sie im Internet ein Foto, das Thomas Fassbinders Worte bestätigte. Eine Lokalzeitung zeigte Schwestern des Akazienkonvents bei der Arbeit in einer Suppenküche für Wohnungslose. Eine der Frauen trug das Ornat einer Novizin – aber es handelte sich bei ihr eindeutig um Svenja Fassbinder. Mona druckte die Seite sofort aus. Währenddessen führte ihr Kollege das Telefonat weiter: »Ihre Tochter ist aktuell tatverdächtig, was den Mord an Ihrem Bruder angeht. Sie wurde in der Nähe des Leichnams gesehen und kann kein überzeugendes Alibi vorweisen. Wie würden Sie das Verhältnis zwischen den beiden beschreiben?«

»Sie sprechen von Wilfried und von Svenja, Herr Moll? Ehrlich gesagt wusste ich überhaupt nicht, dass sie Kontakt zueinander hatten. – Ich kann mir nicht vorstellen, dass meine Tochter ihren Onkel tötet. Warum sollte sie es tun? Vor allem, nachdem sie im Kloster so viel über Nächstenliebe gelernt hat.«

»Svenja ist aktuell nicht in Haft«, stellte Enno klar, »Sie können also Ihre Tochter jederzeit besuchen, wenn Sie es wünschen.«

»Das wird mir aktuell leider nicht möglich sein«, erwiderte Thomas Fassbinder schnell. Er fuhr fort: »Ich bin hier in Spanien bei einigen wichtigen Klienten unabkömmlich. Sie haben ja vielleicht schon erfahren, dass ich ein erfolgreicher Unternehmensberater bin. Aber Sie machen einen sehr kompetenten Eindruck, Herr Moll. Ich bin sicher, dass Sie den Fall zum Besten aller lösen werden. Falls es noch Unklarheiten gibt, können Sie mich natürlich jederzeit erneut anrufen.«

Mit diesen Worten beendete Thomas Fassbinder das Telefonat, bevor Enno reagieren konnte.

»Was für ein kalter Fisch!«, wütete die Kommissarin, nachdem ihr Kollege den Hörer beiseitegelegt hatte. Sie sagte: »*Mein* Vater ist gestorben, als ich noch ein Kind war. Ich kann mich kaum an ihn erinnern. Aber kein Papa ist immer noch besser als so einer wie Thomas Fassbinder – jetzt tut mir seine Tochter beinahe leid, obwohl auch sie es faustdick hinter den Ohren hat!«

»Falls seine Aussage der Wahrheit entspricht«, schränkte Enno ein.

»Oh, das tut sie. – Hier, sieh selbst.«

Mit diesen Worten griff Mona sich den ausgedruckten Artikel über die Suppenküche und zeigte ihn Enno. Der Oberkommissar setzte seine Brille auf, dann nickte er: »Ja, auf dem Foto ist Svenja klar zu erkennen. Warum hat sie uns diesen Teil ihres Lebens verschwiegen? Und warum tritt sie hier in normaler Alltagskleidung auf und nicht im Ornat ihres Ordens?«

»Ich werde die junge Dame gleich mal vorladen!«, sagte Mona und rief die Verdächtige an. Es war vergeblich – Svenja Fassbinder hatte ihr Telefon ausgeschaltet, es konnte also auch nicht geortet werden.

»Es war ein Fehler, sie aus dem Arrest zu entlassen!«, stieß die Kommissarin frustriert hervor. »In der Zelle hätte sie uns nicht entwischen können.«

»Du weißt so gut wie ich, dass die Beweise dafür bisher nicht ausreichen.«

»Sicher, Enno – aber lass mich wenigstens ein bisschen jammern. – Schauen wir nach, ob sie sich in der Pension aufhält?«

Der Oberkommissar nickte. Gleich darauf fuhren die beiden wieder zu Menke. Laut dem Wirt glänzte die Verdächtige dort durch Abwesenheit. Die Kommissare baten ihn darum, ihr Zimmer aufzuschließen. Diesmal hatten sie keinen Durchsuchungsbeschluss, aber es herrschte eindeutig Gefahr im Verzug. Svenjas Raum war nicht annähernd so ordentlich wie der ihres Onkels.

»Falls man im Kloster zu Disziplin erzogen wird, scheint das Ziel bei dieser Novizin verfehlt worden zu sein«, stellte Enno trocken fest. Mona schüttelte den Kopf: »Als ich vorhin die Verdächtige beim Anziehen beaufsichtigt habe, sah es im Zimmer noch nicht so chaotisch aus.«

Sie deutete auf das angelehnte Fenster: »Hier ist eingebrochen worden.«

Der Oberkommissar nickte, während er nähertrat. Auch er hatte nun die Spuren am hölzernen Fensterrahmen bemerkt. Jemand musste es von außen aufgehebelt haben, wahrscheinlich mit einem Schraubendreher oder einem Stemmeisen. Mona ging zu Menke, der nach dem Türöffnen wieder in der Küche verschwunden war.

»Menno, wann werden bei dir die Zimmer gereinigt?«

»Um die Mittagszeit herum. Heute bin ich noch nicht dazu gekommen, weil ich dauernd gestört werde.«

Die Kommissarin ignorierte den Wink mit dem Zaunpfahl und fragte: »Ist Svenja Fassbinder noch einmal hierher zurückgekommen, nachdem wir sie vorhin mitgenommen hatten?«

»Das kann ich nicht mit Bestimmtheit sagen, Mona. Ich war eine Zeit lang mit Telefonieren beschäftigt, weil ich es mit einem besonders begriffsstutzigen Gast zu tun hatte. Falls sie währenddessen hier war, ist es mir entgangen.«

Ob die Verdächtige etwas aus ihrem Zimmer geholt hatte, das für sie wichtig war?

»Dieser ›Schönling‹, von dem du vorhin gesprochen hast – ist der hier *nach* deinem Telefonat aufgekreuzt?«, wollte die Kommissarin von dem Pensionswirt wissen. Menke runzelte die Stirn: »Wenn ich es mir recht überlege – ja, vielleicht eine halbe Stunde später.«

»Svenja Fassbinder hat bei ihrer Vernehmung ein Leihrad erwähnt, das sie benutzt. Hat sie es von dir oder von einer Fahrradvermietung?«

»Von mir«, lautete die Antwort. »Alle meine Gäste bekommen ein Rad gestellt, das ist im Preis inbegriffen.«

Die Ermittlerin bat darum, im Schuppen nachzusehen. Der Drahtesel, den Svenja Fassbinder fuhr, fehlte. Also war die Verdächtige wahrscheinlich immer noch damit unterwegs, falls sie ihn nicht zwischendurch irgendwo abgestellt hatte.

»Ich schreibe die junge Dame zur Fahndung aus«, sagte Enno und griff zum Telefon. »Außerdem müssen der Hafen und der Flugplatz überwacht werden.«

Es war nicht so einfach, von einer Insel wie Borkum zu entkommen. Allerdings war Svenja Fassbinder momentan sowohl Verdächtige als auch ein mögliches nächstes Mordopfer. Solange nicht geklärt war, aus welchem Grund ihr Onkel hatte sterben müssen, galt die höchste Alarmstufe.

»Oltbeck ist sauer«, meinte der Oberkommissar, nachdem er das Telefonat beendet hatte, »aber er sieht natürlich ein, dass wir die Frau vorhin auf freien Fuß setzen mussten.«

»Selbstverständlich erkennt er unsere Gründe an, niemand ist mit den Vorschriften so vertraut wie unser Chef«, erwiderte die Ermittlerin und rollte mit den Augen. Die beiden verabschiedeten sich erneut von Menke. Enno veranlasste, dass die Kriminaltechniker Svenjas Zimmer untersuchen sollten. Mit etwas Glück hatte der Einbrecher Spuren hinterlassen, durch die ihm die Tat später nachgewiesen werden konnte.

»Wir haben ja sehr unterschiedliche ›Wahrheiten‹ über Onkel und Nichte zu hören bekommen«, stellte Mona während der Fahrt fest, »und wir wissen immer noch nicht, ob Fassbinder wirklich wegen seiner Vorliebe für seltene Vögel nach Borkum gereist ist – und warum seine Nichte ihn begleitet hat. Ich möchte mit dem Akazienkonvent Kontakt aufnehmen, die Ordensschwestern werden uns wohl nicht anlügen.«

»Wobei sie nicht begeistert davon sein werden, dass eine von ihnen unter Mordverdacht steht«, gab Enno zu bedenken, »aber grundsätzlich ist es einen Versuch wert.«

Nachdem sie wieder an ihrem Schreibtisch auf der Wache saß, fand Mona schnell die Telefonnummer des Nonnenklosters heraus. Während sie die Zahlen ins Display tippte, schaute sie durchs Fenster auf die Strandstraße, wo Touristen und Kurgäste vorbeiflanierten. Die Kommissarin hatte keine Erfahrung im Umgang mit Ordensschwestern. Sie beschwor sich selbst, ihr Temperament zu zügeln. Wenn die Pferde mit ihr durchgingen, würde sie wohl kaum etwas Brauchbares erfahren – und sich außerdem auch noch eine Beschwerde einhandeln. Sie meldete sich mit Namen und Dienstgrad. Ihr Herz klopfte schneller, als sie sich mit der Mutter Oberin verbinden ließ.

»Was möchte denn die Polizei Borkum von mir wissen?«, fragte die Ordensfrau, nachdem Mona sich erneut vorgestellt hatte. Die Stimme klang sanft, aber bestimmt – keinesfalls gehässig oder schroff. Sie hörte sich eher neugierig, aber keineswegs überrascht an. Ob die Mutter Oberin bereits einen Anruf wegen Svenja Fassbinder erwartet hatte?

»Es geht um eine Frau, die bei Ihnen … tätig ist«, sagte Mona. Wie nannte man es, wenn jemand in einen Orden eintrat? Der Kommissarin wurde klar, wie wenig sie eigentlich über das Leben von Nonnen wusste. Stammelnd fügte sie den Namen der Verdächtigen hinzu.

»Sie werden verstehen, dass ich Ihnen nicht einfach am Telefon Auskunft über eine unserer Schwestern geben kann, Frau Sander.«

»Das begreife ich, aber wir haben es leider mit einem Mordfall zu tun: Svenja Fassbinders Onkel wurde getötet, und sie ist unsere Hauptverdächtige.«

Diese offenen Worte schienen die Äbtissin zu schocken. Ihre Stimme hörte sich nun ängstlich an: »Das ist ja schrecklich, ich werde für seine arme Seele beten! Und unsere Novizin soll eine Verbrecherin sein? Hoffen wir, dass sich alles zum Besten wendet.«

Hatte der letzte Satz der Ordensfrau eine tiefere Bedeutung? Es kam der Ermittlerin so vor, als ob sie noch etwas anderes gemeint hätte. Oltbeck würde nie verstehen, dass Mona auf solche Gefühle hörte. Sie beschloss, den Stier bei den Hörnern zu packen: »Was verbergen Sie in Ihrem Konvent?«

Monas direkte Art trug zwar nicht zu ihrer Beliebtheit bei, brachte ihr aber bei Befragungen oft erstaunliche Ergebnisse.

»Das ist … wie kommen Sie … woher wissen Sie das?«, stammelte die Äbtissin. Wieder einmal hatte sich die Überrumpelungstaktik der Kommissarin bewährt.

»Dazu dürfen wir Ihnen aus Gründen der Ermittlung nichts sagen«, behauptete Mona. Sie würde ganz gewiss nicht zugeben, dass sie sich von einer vagen Eingebung hatte leiten lassen. Stattdessen sagte sie: »Die Wahrheit kommt früher oder später sowieso ans Licht. Daher ist es besser, wenn Sie mir alles erzählen, was Sie wissen. Nur so können wir der Gerechtigkeit zum Sieg verhelfen.«

Die Erwiderung kam zögernd: »Ich verstehe Ihren Standpunkt, Frau Sander. Und ich muss zugeben, dass ich im Umgang mit Verbrechen völlig ungeübt bin. Das wird bei Ihnen anders sein, das ist sozusagen Ihr tägliches Brot. Unser Akazienkonvent ist eine kleine friedliche Welt. Umso größer war der Schock, als plötzlich ein Großteil unseres Kirchenschatzes fehlte!«

Jetzt kommen wir der Sache schon näher!, dachte die Kriminalistin. Sie musste an das Buch denken, das sie in Fassbinders Zimmer sichergestellt hatte. Einige Fotos darin zeigten einzelne dieser

Wertgegenstände. Selbst wenn nicht alle abhandengekommen waren, musste es sich um einen immensen Wert handeln.

»Was sagt denn die Polizei vor Ort zu dem Diebstahl?«, fragte Mona. Einen Moment lang herrschte Stille in der Leitung, dann antwortete die Mutter Oberin: »Wir haben die Behörden noch nicht informiert. Es besteht immer noch die Hoffnung, dass mit Gottes Hilfe diese sakralen Kunstwerke an uns zurückgegeben werden.«

War diese Haltung anerkennenswert oder einfach nur naiv? Befürchteten die Nonnen einen Skandal, weil eine oder mehrere von ihnen in das Eigentumsdelikt verwickelt sein konnten? Für Mona war der Diebstahl vor allem von Interesse, weil der Besitz dieses Kirchenschatzes ein handfestes Mordmotiv darstellte. Es gab Kriminelle, die schon für erheblich geringere Summen morden würden. Sie hakte nach: »Warum befindet sich Svenja Fassbinder hier auf Borkum? Könnte sie etwas mit ihrem Verlust zu tun haben?«

»Ja, aber es ist nicht so, wie Sie denken«, erwiderte die Äbtissin und fuhr fort: »Als wir vor zwei Wochen den Diebstahl entdeckten, war unsere junge Novizin genauso schockiert wie wir alle. Für mich stand fest, dass die Öffentlichkeit nichts von diesem Drama erfahren durfte. Es hätte ein schlechtes Licht auf unsere Gemeinschaft geworfen. Wir wollten eine Untersuchung vermeiden, bei der jede unserer Schwestern sich unangenehmen Fragen hätte unterziehen müssen. Dies wäre nicht gut für uns gewesen. Außerdem befürchte ich, dass der Kirchenschatz erheblich unterversichert war. Die Prämien für eine realistische Schadensbegrenzung hätte das Kloster niemals aufbringen können. Da erbot sich Svenja, das Diebesgut wiederbeschaffen zu wollen. Ich war skeptisch, denn die Novizin ist eine junge Frau ohne viel Lebenserfahrung. Aber sie wollte ihren Onkel mit ins Boot holen, einen Privatdetektiv.«

Erst Mönch, dann Handelsvertreter oder Krimineller, zuletzt Privatdetektiv? Was kommt als Nächstes?, ging es Mona durch den Kopf. Aber sie verkniff sich eine Bemerkung, fragte nur: »Sie sprechen von Wilfried Fassbinder?«

»Ja, so heißt Svenjas Onkel.«

»Wurde Ihnen noch ein anderer Name genannt?«

»Nein, Frau Sander. Wie meinen Sie das?«

»Das war eine reine Routinefrage«, gab Mona ausweichend zurück. Sie ließ für den Moment unerwähnt, dass in Fassbinders Personalausweis auch ein Ordensname gestanden hatte. Die Kommissarin wollte lediglich wissen, ob die Äbtissin den angeblichen Privatermittler einmal persönlich kennengelernt hatte.

»Nein, ich bin Herrn Fassbinder nicht begegnet«, erwiderte die Ordensfrau, »es war, als ob Gott der Herr uns in der Stunde der Not Hilfe in Gestalt von Svenja und Wilfried Fassbinder geschickt hätte. Ich möchte betonen, dass es mir auch nicht in erster Linie um die Bestrafung der Diebe ging. Letztlich muss sich jeder vor dem Jüngsten Gericht für seine Taten verantworten. Für uns steht die Wiederbeschaffung des Kirchenschatzes an erster Stelle.«

»Das verstehe ich«, beteuerte Mona, »aber ich bin Polizeibeamtin und kann dieses Delikt nicht einfach unter den Teppich kehren. – Haben Sie Fotoaufnahmen der fehlenden Gegenstände, die Sie mir zukommen lassen würden? Sie könnten bei der Aufklärung des Mordes eine wichtige Rolle spielen.«

Ob die Äbtissin es ihr krummnahm, dass sie die Sakralkunst als *Gegenstände* bezeichnet hatte? Die Stimme der Ordensfrau klang jedenfalls genauso angenehm wie zuvor: »Das kann ich tun, wenn Sie mir Ihre Mailadresse geben. Ich muss Sie aber inständig bitten, diskret vorzugehen. – Musste Wilfried Fassbinder sterben, weil er versucht hat, die Diebe zu stellen?«

»Dazu kann ich mich nicht äußern, aber ich habe selbst noch eine Frage: Ist Ihnen bekannt, ob Svenja Fassbinder irgendeinen Bezug zur Insel Borkum hat? Leben hier vielleicht Verwandte oder Freunde von ihr?«

»Ich wünschte, Ihnen weiterhelfen zu können, Frau Sander. Leider fällt mir zum Thema Borkum überhaupt nichts ein. So weit im Nordwesten bin ich noch niemals gewesen. Und ich erinnere mich nicht, dass die Novizin die Insel jemals erwähnt hätte. In unseren Gesprächen ging es in erster Linie um Persönliches und um Glaubensfragen. Das Leben hinter Klostermauern ist ja nicht für jede Person geeignet, und gerade am Anfang fällt vielen Interessentinnen die Umstellung höchst schwer.«

»Wie lange ist Svenja Fassbinder bei Ihnen gewesen, bevor sich der Diebstahl ereignete?«, fragte die Ermittlerin.

»Ungefähr ein halbes Jahr. – Sie glauben doch nicht, dass die Novizin etwas damit zu tun haben könnte?«, fragte die Ordensfrau. Das Befremden in ihrer Stimme war nicht zu überhören.

Irgendjemand muss ja lange Finger gemacht haben! So oder ähnlich hätte Monas Antwort normalerweise gelautet. Aber sie wollte die freundliche Äbtissin nicht vor den Kopf stoßen. Daher kam ihr nur eine nichtssagende Erwiderung über die Lippen: »Meine Kollegen und ich werden alles tun, um sowohl den Mord als auch das Eigentumsdelikt aufzuklären. – Ich gebe Ihnen jetzt meine Mailadresse. Darf ich Sie noch einmal anrufen, falls sich weitere Fragen ergeben?«

»Selbstverständlich, Frau Sander. – Ich werde für Ihren Erfolg beten.«

Nachdem Mona ihre Kontaktdaten genannt hatte, beendete sie das Telefonat. Enno hatte währenddessen an seinem Computer gearbeitet. Da der Lautsprecher eingeschaltet war, hatte er den Wortwechsel zwischen den beiden Frauen mitbekommen: »Kennst du die Redensart: *Den Bock zum Gärtner machen*?«

»Du meinst, dass Svenja und ihr Onkel das Ding gemeinsam gedreht haben?«

»Richtig, Mona. – Und damit ihnen niemand auf die Schliche kommt, hat die Novizin sich großmütig erboten, bei der Suche nach dem Kirchenschatz mitzuhelfen. Wie praktisch, dass ihr Onkel Privatdetektiv ist – oder es zumindest behauptet.«

Die Kommissarin schnippte mit den Fingern: »Ja – wer oder was war dieser Mann wirklich? Es kommt mir vor, als ob wir es mit einem Chamäleon zu tun hätten.«

Bevor sie noch mehr sagen konnte, platzte Grietje herein – wie üblich, ohne vorher anzuklopfen.

»Hier ist Besuch für euch!«, trompetete sie. Die Polizeimeisterin trat zur Seite, um Platz zu machen. Ein Mönch betrat lächelnd das Dienstzimmer.

Kapitel 7

Der Klosterbruder war schätzungsweise fünfzig Jahre alt, hochgewachsen und stämmig. Sein grauer Bart wallte bis auf die Brust, sein Haupthaar bestand nur noch aus einem schütteren Kranz auf Höhe der Ohren. Er trug die Kutte seines Ordens, die auf Hüfthöhe von einem Zingulum zusammengehalten wurde. Die Füße steckten in Sandalen, Socken hatte er keine an.

»Danke, meine Tochter«, sagte er zu Grietje. Normalerweise hätte sie einen lockeren Spruch vom Stapel gelassen – beispielsweise, dass sie ihren Vater kennen würde und er gewiss kein Mönch sei. Aber vor dem Gottesmann schien die freche Polizistin Respekt zu haben. Jedenfalls setzte sie ein verlegenes Lächeln auf und ging hinaus, wobei sie die Tür hinter sich schloss.

»Gestatten Sie, dass ich mich selbst vorstelle«, sagte er mit tiefer Stimme, »ich heiße Bruder Ludger. Ich wurde vom Ulmenkloster abgeordnet, um nach einem Mann namens Bruder Ottmar zu suchen. Ihre Kollegin hat mich zu Ihnen geschickt. Sie glaubte, dass Sie mir weiterhelfen können.«

Mona war von ihrem Bürostuhl aufgestanden. Sie nannte Ennos und ihren eigenen Namen, dann sagte sie: »Leider muss ich Ihnen mitteilen, dass Bruder Ottmar – der mit bürgerlichem Namen Wilfried Fassbinder hieß – nicht mehr lebt. Er wurde ermordet, mein Kollege und ich haben in diesem Kriminalfall die Ermittlungen aufgenommen. Wir bedauern Ihren Verlust.«

Die Nachricht schien Bruder Ludger zu schocken. Er schloss für einen Moment die Augen und machte mit zwei Fingern ein Kreuzzeichen. Als er wieder den Mund öffnete, hörte seine Stimme sich gepresst an: »Möge der Herr seiner armen Seele gnädig sein. – Wie konnte es zu dieser schrecklichen Tat kommen?«

»Bevor wir darüber sprechen, möchten wir gern etwas mehr über das Opfer erfahren«, sagte Enno, »und es scheint mir, als ob Sie der richtige Ansprechpartner dafür sind. Darf ich fragen, in welcher Funktion Sie uns aufsuchen? Sind Sie einfach nur ein Glaubensbruder des Mordopfers?«

»Grundsätzlich ja, Herr Moll. Allerdings hat unser Abt mich in seiner Weisheit als eine Art Privatermittler mit der Mission ausgesandt, Bruder Ottmar wiederzufinden.«

Also ist er sozusagen aus dem Kloster desertiert? Während Mona über diese Möglichkeit nachdachte, sprach der Mönch weiter: »Ehrlich gesagt macht Ihre Amtsstube einen sehr nüchternen Eindruck. Und mein Magen ist nach der langen Anreise ziemlich leer. Was halten Sie davon, wenn wir unsere Besprechung beim Mittagessen fortsetzen?«

Mit diesem Vorschlag rannte Bruder Ludger bei Enno offene Türen ein. Mona hätte es eventuell noch ein paar Stunden ohne Nahrungsaufnahme ausgehalten, solange sie nur genug Tee bekam. Ihr Kollege hingegen aß für sein Leben gern, was man ihm auch ansah. Er nickte und erhob sich ebenfalls von seinem Stuhl: »Das ist ein ausgezeichneter Vorschlag! Wenn Sie schon nach Borkum reisen, müssen Sie unbedingt die hiesige Küche probieren!«

Die drei verließen die Wache, wobei der Oberkommissar die Führung übernahm. Weit hatten sie es nicht. Er steuerte *Fisherman's Koeken* an. Das Restaurant befand sich am Anfang der Bismarckstraße, ganz in der Nähe des Inselbahnhofs. Die Kommissare und der Mönch setzten sich an einen Tisch mit Blick in Richtung Fußgängerzone. Mona bestellte sich eine Krabbensuppe, Enno wollte das Kapitänsschnitzel und Bruder Ludger probierte die Lendchenpfanne. Der Oberkommissar orderte alkoholfreies Bier für alle, wogegen niemand Einspruch erhob. Der Klosterbruder sagte: »Es gefällt mir hier, eine gute Wahl. – Was möchten Sie über Bruder Ottmar wissen?«

»Seit wann lebte er in Ihrer Glaubensgemeinschaft?«, fragte Mona.

»Er wurde vor drei Jahren zum Mönch ordiniert. Zu der Zeit war ich bereits dem Ruf des Herrn gefolgt. Ich lebte also schon im Ulmenkloster, als Bruder Ottmar zu uns stieß.«

»Wie war er als Mensch? Wie könnten Sie seinen Charakter am besten beschreiben?«, hakte sie nach.

Auf den Lippen des Mönchs erschien ein melancholisches Lächeln: »Bruder Ottmar war ein Einzelgänger, der sich am wohlsten fühlte, wenn er mit Gott und seinen Gebeten allein war. Im Kloster herrscht ja ein Gemeinschaftsgefühl, wie Sie sich gewiss denken können. Aber Ottmar hat sich von uns anderen zurückgezogen, wo immer es ihm möglich war. Das hat er gewiss nicht böse gemeint. Es gibt einfach Menschen, die eher scheu und zurückhaltend sind. Und zu denen hat er zweifellos gehört.«

»Uns kam die Behauptung zu Ohren, dass Bruder Ottmar in kriminelle Machenschaften verwickelt gewesen sein könnte«, sagte Mona, wobei sie einen Schluck Bier nahm und versuchte, möglichst beiläufig zu klingen. Der Mönch schüttelte lächelnd den Kopf: »Entschuldigen Sie, aber das halte ich für ein böswilliges Gerücht. Nicht umsonst lautet das achte Gebot: ›Du sollst nicht falsch Zeugnis reden wider Deinen Nächsten‹. Während unserer gemeinsamen Zeit im Ulmenkloster ist mir nie etwas zu Ohren gekommen, wodurch Bruder Ottmars guter Ruf gelitten haben könnte.«

»Haben Sie eine Erklärung für das Verschwinden Ihres Mitbruders?«, wollte Enno wissen. Die Antwort lautete: »Nein, das ist uns allen ein Rätsel gewesen. – Vor zwei Wochen fehlte er plötzlich beim Morgengebet. Seine Zelle war leer, aber seine Sachen lagen alle noch an ihrem Platz. Der Abt telefonierte herum, aber keiner von seinen Verwandten und Freunden schien etwas über seinen Verbleib zu wissen. Daraufhin beauftragte der Abt mich damit, unseren Bruder wiederzufinden.«

»Eine Vermisstenanzeige wurde nicht aufgegeben?«, vergewisserte Mona sich. Bruder Ludger warf ihr ein unverbindliches Lächeln zu: »Sie kennen die Gesetze besser als ich, Frau Sander. Es gab keinen Hinweis auf ein Verbrechen, keine Lösegeldforderung, keine Drohungen – nichts. Und unser Bruder ist auch nicht entmündigt oder chronisch krank. Soweit ich weiß, ist eine erwachsene Person unter diesen Umständen nicht verpflichtet, ihren Aufenthaltsort preiszugeben. Trotzdem wollten wir erfahren, wie es Ottmar geht und wo er sich aufhält.«

»Und wie sind Sie darauf gekommen, dass er sich auf Borkum befindet?«, fragte Enno.

»Bruder Ottmar hatte vergessen, im Computer unserer Klosterbücherei den Browserverlauf zu löschen«, erwiderte der Mönch, »daher fand ich dort den Fahrplan für die Überfahrten zwischen Emden und der Insel.«

War diese Aussage glaubhaft? Durchaus – allerdings hatte Fassbinder/Bruder Ottmar offenbar auch ein Smartphone besessen, mit dem er die Recherche ebenfalls hätte durchführen können. Oder *wollte* er, dass man seine Spur aufnahm? Mona stellte diese Überlegung zurück. Auffällig fand sie etwas anderes: Bruder Ottmars Verschwinden fiel zeitlich mit dem Diebstahl des Kirchenschatzes im Akazienkonvent zusammen.

»Wussten Sie, dass Ihr Mitbruder eine Nichte hat, die Novizin im Akazienkonvent ist?«, erkundigte die Kommissarin sich. Der Mönch wirkte überrascht: »Nein, davon höre ich zum ersten Mal. Aber – wie gesagt – Bruder Ottmar war nicht sehr kontaktfreudig. Ich würde ihn auch nicht als meinen Freund bezeichnen. Wir standen uns persönlich nicht nahe. Dennoch schmerzt mich sein gewaltsamer Tod – leider sind die Wege des Herrn unerklärlich.«

»Hatte Ihr Mitbruder einen Vogel?«, fragte Mona. Im selben Moment wurde ihr bewusst, wie mehrdeutig ihre Worte waren. Bruder Ludger warf ihr einen irritierten Blick zu.

»Ich fürchte, dass ich nicht ganz verstehe ...«, murmelte er.

»Als Bruder Ottmar starb, hielt er einen geschnitzten Vogel in der Hand«, erläuterte Mona und fügte hinzu: »Mein Kollege glaubt, dass es sich um eine Elster handelt. Außerdem scheint es so, als ob das Holztier dem Toten in die Finger gegeben wurde. Möglicherweise könnte damit eine Botschaft verbunden sein. Haben Sie eine Erklärung dafür?«

Der Klosterbruder schüttelte den Kopf, aber er wirkte beunruhigt. Oder bildete die Kommissarin sich dies nur ein? Jetzt wurde zunächst das Essen serviert. Der Mönch widmete sich voller Hingabe seinem Gericht, und auch die Kommissare ließen es sich schmecken.

»Seit wann sind Sie auf Borkum?«, fragte Enno, nachdem er sich die Lippen mit einer Serviette abgewischt hatte.

»Seit vorgestern, Herr Moll. Ich übernachte bei dem Geistlichen der Kirche *Maria Meeresstern*. Er konnte mir leider nicht weiterhelfen, Bruder Ottmar hat sich bei ihm nicht blicken lassen. Ich habe auf eigene Faust versucht, den Verschwundenen zu finden. Meine detektivischen Fähigkeiten scheinen leider äußerst beschränkt zu sein. Also beschloss ich, die Polizei um Hilfe zu bitten. – Könnte denn diese Nichte, von der Sie sprachen, etwas mit Bruder Ottmars Tod zu tun haben?«

»Wie kommen Sie darauf?«, lautete Monas Gegenfrage. Er hob die Schultern: »Das weiß ich nicht. Vielleicht hat diese Frau eine Idee, was es mit dem Vogel auf sich hat. Haben Sie das Gepäck meines Mitbruders durchsucht? Konnten Sie dabei andere Dinge entdecken, beispielsweise weitere Holztiere?«

Das werden wir dir gerade auf die Nase binden, dachte die Kommissarin. Zunächst hatte sie den Klosterbruder recht sympathisch gefunden, aber allmählich kam ihr sein Interesse an dem

Vogel verdächtig vor. Insbesondere, weil er von der Bedeutung dieser Holzfigur keine Ahnung haben wollte. Sie versuchte, sich ihr aufkommendes Misstrauen nicht anmerken zu lassen. Nachdem sie aufgegessen und bezahlt hatten, gaben die Kommissare dem Mönch ihre Visitenkarten. Im Austausch teilte er ihnen seine Mobilnummer mit.

»Ich bin ein moderner Diener des Herrn«, sagte Bruder Ludger lächelnd und zog ein Smartphone aus der abgegriffenen Ledertasche, die er bei sich hatte.

»Wir bleiben mit Ihnen in Kontakt«, versprach Enno, als die Kommissare sich am Inselbahnhof von dem Klosterbruder verabschiedeten. Er ging in Richtung der katholischen Kirche *Maria Meeresstern* davon, die sich in der Nähe befand. Neugierige Blicke von Touristen folgten ihm. Einen Mönch in seiner Kutte bekam man auf der Insel nur selten zu sehen, obwohl es in früheren Jahrhunderten in Ostfriesland zahlreiche Klöster gegeben hatte.

»Was hältst du von diesem ›Privatermittler‹?«, fragte Mona, als Bruder Ludger außer Hörweite war.

»Seine Geschichte stimmt hinten und vorn nicht«, behauptete Enno und fuhr fort: »Angeblich ist Fassbinder bereits seit zwei Wochen aus seinem Kloster verschwunden. Trotzdem ist Bruder Ludger erst seit vorgestern hier? Wie lange hat er benötigt, um die Information über Borkum aus dem Computer zu ziehen? Selbst wenn man berücksichtigt, dass er kein erfahrener Detektiv ist, hätte er nicht so lange benötigen dürfen. Und seine Körpersprache hat ihn verraten, als es um den Vogel ging. Da hat er uns angelogen, aber aus welchem Grund? Er weiß oder vermutet, wer dem Toten die Elster als ›Grabbeigabe‹ verpasst haben könnte. Wir sollten den ›heiligen Mann‹ also im Auge behalten. Zum Glück hat er uns ja seine Nummer gegeben. Hoffentlich stimmt sie überhaupt.«

»Davon gehe ich aus«, erklärte die Kommissarin, »denn er will uns ja einspannen. Jetzt, da er vom Tod seines Mitbruders weiß, könnte er eigentlich wieder aufs Festland zurückkehren. Trotzdem bleibt er hier, darauf wette ich. Und warum? Weil er herausfinden will, wer Bruder Ottmar auf dem Gewissen hat? Ja, vielleicht – oder er ist ebenfalls hinter dem Kirchenschatz aus dem Akazienkonvent her.«

»Wir müssen höllisch aufpassen, bevor wir einen Mönch einer Straftat bezichtigen«, warnte Enno, »wenn wir keine handfesten

Beweise liefern können, kommen wir in Teufels Küche – und das im Wortsinn.«

»Keine Sorge, ich bin momentan die Selbstbeherrschung in Person«, beteuerte Mona, »ich habe mich vorhin bei der Äbtissin schon zurückgehalten.«

»Ja, da spricht die zukünftige brave Ehefrau aus dir«, scherzte Enno und fing sich dafür einen leichten Ellenbogenstoß in seine Flanke ein. Die beiden betraten die Polizeistation durch den Haupteingang von der Strandstraße aus. Die Kommissarin wollte gerade im Ulmenkloster anrufen, um die Identität des Mönchs zu überprüfen, als Grietje erneut hereingestürmt kam. Die Polizeimeisterin sagte: »Da seid ihr ja schon wieder, jetzt kann ich mir den Anruf sparen. – Svenja Fassbinders Leihrad wurde gerade gefunden, es ist allerdings demoliert. Und von der Frau fehlt nach wie vor jede Spur.«

»Das Rad ist immer noch besser als gar kein Hinweis«, meinte Mona. »Wo wurde es gefunden?«

»Am Loopdeelenweg«, antwortete die Polizeimeisterin. »Spaziergänger haben es entdeckt. Erst dachten sie, dass jemand nur illegal Müll entsorgt hätte. Aber dann bemerkten sie das frische Blut am Rahmen, woraufhin sie Alarm schlugen. Claas und Aiske sind vor Ort und sichern mögliche Spuren.«

»Danke – wir schauen uns die Sache vor Ort an«, sagte Enno. Zusammen mit seiner Kollegin durchquerte er das Dienstgebäude und stieg in den Wagen. Die beiden machten sich auf den Weg zum Loopdeelenweg, der sich vom Südstrand aus quer durch die Dünen erstreckte. Es handelte sich um einen aus Holzbrettern bestehenden Wander- und Fahrradweg. Die Kommissare fuhren wieder mit dem Auto bis zum Ende der Süderstraße, dann marschierten sie zu Fuß weiter.

»Svenja könnte noch einmal bei der Kiekhütte gewesen sein«, überlegte Enno, »vielleicht hat sie dort etwas gesucht, das wir bisher nicht gefunden haben.«

»Du denkst an den Kirchenschatz?«

Enno nickte und erklärte: »Wenn ich ein Dieb wäre, dann würde ich meine Beute bestimmt nicht in meinem Pensionszimmer aufbewahren. Dieser Raum wird doch von der Polizei als erster durchsucht, wenn ich in Verdacht gerate. Also halte ich nach einem Versteck in der freien Natur Ausschau. Gerade weil die Dünenlandschaft für jeden zugänglich ist, stellt sie meiner Meinung nach einen sicheren Platz dar. Wer würde solche unvergleichlichen Kunstwerke zwischen Dünengras oder unter dem Loopdeelenweg vermuten?«

»Das stimmt – man muss sich bloß gut die Stelle merken, an der man die heiße Ware verbuddelt hat – es wäre doch fatal, sie nicht wiederzufinden«, sagte Mona und fügte hinzu: »Außerdem wussten Fassbinder und seine Nichte vermutlich nicht, dass der Loopdeelenweg während der Wintermonate demontiert wird. Wir haben bald Ende Oktober. Wenn Svenja plötzlich erfahren hat, dass die Planken demnächst entfernt werden, dann wollte sie die Beute vermutlich holen, bevor der Schatz zufällig von den Gemeindearbeitern entdeckt wird.«

»Ich stimme mit dir überein – obwohl es noch keinen Beweis dafür gibt, dass dieses Nichte-Onkel-Duo sich im Akazienkonvent bereichert hat«, erinnerte Enno.

»Das ist aber momentan die plausibelste Erklärung für den Mord – wobei der Täter wahrscheinlich selbst scharf auf die Sakralkunst war«, vermutete Mona, »er tötete Fassbinder, nachdem der ihm entweder das echte oder ein falsches Versteck genannt hatte. Mir ist allerdings schleierhaft, warum Onkel und Nichte ausgerechnet nach Borkum gekommen sind.«

»Ich nehme an, dass sie sich hier mit einem Sammler treffen wollten, der ihnen die Beute abkauft«, sagte der Oberkommissar und fuhr fort: »Jeder ›normale‹ Hehler würde die Hände über dem Kopf zusammenschlagen, wenn er solche Objekte angeboten bekäme. Sie sind praktisch unverkäuflich. Und wenn man die Edelsteine herausbräche, dann würde dadurch der Gewinn geschmälert. Also, was macht ein cleverer Dieb? Er kontaktiert einen Sammler von Kirchenkunst, der nicht nach der Herkunft dieser Einzelstücke fragt. Und wer reich genug ist, um sich solche Kunstwerke in die Vitrinen zu stellen, der besitzt auch eine Yacht, mit der er in unseren Hafen einlaufen kann. Dort ist die Übergabe problemlos möglich.«

Diese Erklärung leuchtete der Kommissarin ein. Sie hatten inzwischen von der Greunen Stee aus den Loopdeelenweg erreicht. Von Weitem erblickten sie die uniformierten Kollegen Aiske Berend und Claas Lammer, die auf Fahrradpatrouille gewesen waren. Sie hatten ihre Diensträder abgestellt und winkten den Kriminalisten zu.

»Wir haben die Aussage der Spaziergänger aufgenommen, sie sind schon wieder weg«, teilte Aiske ihnen mit. »Die Melder haben das Rad nicht angerührt.«

Die Polizeimeisterin deutete auf ein Damenrad, das achtlos neben den Plankenweg geworfen worden war. Mona sprang vom Loopdeelenweg herunter, um es genauer in Augenschein zu nehmen. Eine wasserfeste Plakette am hinteren Schutzblech wies das Zweirad als Eigentum der Pension Menke aus. Mona trat auf das Dünengras neben dem Holzweg und schaute sich das Rad genauer an. Enno folgte ihr.

»Die Kette ist abgesprungen«, stellte die Kommissarin fest, »und Svenja war entweder nicht fähig oder nicht willens, den Schaden selbst zu beheben. Also hat sie das Rad einfach zurückgelassen. Und hier am Lenker ist wirklich etwas Blut. Ich hatte angenommen, dass sie attackiert wurde – vielleicht von dem gut aussehenden Kerl, der in der Pension zu ihr wollte. Aber es kann auch anders gewesen sein – sie hatte mit dem Rad einen Unfall ohne Fremdbeteiligung, wobei sie mit dem Kopf auf den Lenker knallte und sich eine blutige Nase holte.«

»Ja, das wäre möglich. – Schau mal, was ich entdeckt habe«, sagte ihr Kollege. Er war in die Knie gegangen und beugte sich so weit vor, wie es sein runder Bauch zuließ. Unter dem Loopdeelenweg hatte jemand ein Loch gegraben. Es war so groß, dass beispielsweise ein Gegenstand vom Umfang eines Rucksacks oder einer Tasche hineingepasst hätte.

»Aus wie vielen Teilen besteht der Kirchenschatz eigentlich?«, dachte Mona laut nach und fügte hinzu: »Die Äbtissin hat sich ja ziemlich vage geäußert und behauptet, dass nur ein Teil abhandengekommen wäre. Natürlich, die Beute muss ja transportiert werden. Da werden die Diebe sich auf die Kunstwerke beschränkt haben, die sich leicht und unauffällig mitnehmen lassen.«

Die Kommissarin griff nun zum Smartphone.

»Wen rufst du an?«, wollte Enno wissen.

»Svenja Fassbinder, aber ihr Telefon ist ausgeschaltet. Dabei haben wir ihr eingeschärft, dass sie sich zu unserer Verfügung halten soll. Sie wird nicht dämlich genug sein, um in ihr Pensionszimmer zurückzukehren. Sie kann sich denken, dass wir dort nach ihr suchen. Wenn du meine Meinung hören willst: Sie hat den Kirchenschatz jetzt bei sich und will bei der nächsten Gelegenheit die Insel verlassen.«

»Fährhafen und Flugplatz werden ja schon überwacht«, erinnerte Enno, »aber wir sollten uns auch im Yachthafen umschauen. Vielleicht hat der Sammler, dessen Erscheinen ich vermute, die Insel ja bereits angelaufen.«

»Mal den Teufel nicht an die Wand«, gab seine Kollegin zurück. Aber falls die Verdächtige wirklich an Bord eines Freizeitschiffs gegangen war, würde sie ihre Verfolger dadurch nicht abschütteln können. Jedes Segel- oder Motorboot, das im Yachthafen lag, musste dort registriert werden. Die Ermittler baten Aiske und Claas, das Fahrrad zur Wache zu transportieren. Dann kehrten Mona und Enno zu ihrem Auto zurück und fuhren Richtung Hafen. Diese Aufgabe hatte für sie jetzt Vorrang, im Kloster konnte man auch noch später anrufen.

»Die Sache mit dem Holzvogel ergibt überhaupt keinen Sinn«, murmelte Mona nachdenklich. »Und wer sind die Verfolger, gegen die sich Fassbinder mit seiner Steinschleuder verteidigen wollte? Dass ein Vogelkundler sich nach Einbruch der Dunkelheit in der Kiekhütte auf die Lauer legt, um ein paar Piepmätze abzulichten, lasse ich mir ja noch gefallen. Aber sind wir uns einig darüber, dass Fassbinder sich nur zur Tarnung als Naturliebhaber ausgab? Der abgelegene Schuppen weitab vom Ort kann ihm als idealer Treffpunkt gedient haben, wo er keine lästigen Zeugen fürchten musste.«

Sie fuhren auf der Reedestraße, die den Ort mit dem Hafen verband. Enno parkte in der Nähe des Fährterminals, und die beiden gingen zum Yachthafen hinüber. Dort in der Nähe befand sich auch die *Nordsee Kajüte*, das Monas Freund gehörende gemütliche Seglerlokal. Mona erblickte ein Paar, das sehr vertraut miteinander zu sein schien. Den Mann konnte sie nur von hinten sehen, während die attraktive blonde Frau in weißen Jeans und blauem Kapuzenpullover auf das offene Meer deutete. Mona erkannte ihren Begleiter trotzdem, auch wenn sie sein Gesicht nicht erblickte. Und Enno ging es offenbar genauso: »Ist das nicht Jan, der da drüben mit der Blonden steht? Wollen wir kurz Hallo sagen?«

»Nicht nötig«, murmelte Mona, »wir sind jetzt schließlich im Dienst. Außerdem bin ich nicht sicher, ob der Typ wirklich mein Zukünftiger ist.«

Wer soll es denn sonst sein, hast du Tomaten auf den Augen?, wetterte ihre gnadenlose innere Stimme. Mona hatte die Frau noch nie gesehen – falls Jan eine neue Bedienung anheuerte, würde er ihr gewiss davon erzählt haben. Wollte ihr Freund es Mona mit gleicher Münze heimzahlen, bevor er mit ihr vor den Traualtar trat? Andererseits konnte es sich um eine ganz harmlose Bekanntschaft handeln. Es war ja nicht so, dass Jan und die Blonde einander abgeknutscht hätten. Sie sprachen nur intensiv miteinander, wobei die Frau immer wieder Richtung Nordsee zeigte. Die Kommissare waren zu weit von ihnen entfernt, um einige ihrer Worte aufschnappen zu können. Mona presste die Lippen aufeinander und versuchte, sich auf ihren Job zu konzentrieren. Ihre Eifersucht war trotzdem geweckt worden. Borkum verfügte über einen geräumigen Schutzhafen, der gern von Segel- und Motorboot-Skippern angelaufen wurde. Zahlreiche Boote und Kabinenkreuzer schwojten an ihren Liegeplätzen. Die Kommissare gingen direkt zum Stegwart, der ihnen schon öfter hilfreiche Hinweise gegeben hatte. Er ließ den Tampen sinken, den er gerade aufgerollt hatte, und blinzelte ihnen freundlich zu: »Moin, was kann ich heute für euch tun?«

»Wir suchen nach dieser Frau.«

Mit diesen Worten zeigte Mona ihm das Passbild von Svenja Fassbinder. Sie hatte bei der Verhaftung ja den Personalausweis der Verdächtigen abfotografiert. Der Stegwart nickte und sagte:

»Ja, die Frau war vorhin hier … das muss eine oder zwei Stunden her sein.«

»Was wollte sie?«, hakte die Kommissarin nach.

»Es ging ihr um die *Mary Feronia* – ob diese Yacht schon eingetroffen sei. Das musste ich verneinen, dabei hat der Skipper einen Liegeplatz ab dem heutigen Tag gebucht. Aber es ist ja erst früher Nachmittag, das Boot kann durchaus noch einlaufen. Das habe ich ihr auch gesagt.«

»Ist dir ansonsten etwas an der Person aufgefallen?«, fragte Enno.

»Ja, sie hatte eine blutverkrustete Lippe. Als ich sie darauf ansprach, behauptete sie, einen Fahrradunfall gehabt zu haben.«

Mona kam eine Idee, die allerdings noch ziemlich unausgegoren war. Sie fragte: »Hat die Frau dich gebeten, sie bei der Ankunft dieser Yacht anzurufen?«

Der Stegwart bejahte.

»Es wäre gut, wenn du nicht diese Frau, sondern stattdessen uns benachrichtigen würdest«, sagte die Kommissarin. Er hob die Schultern: »Das kann ich gern tun. Wenn die Polizei einen Wunsch hat, dann wird es schon mit rechten Dingen zugehen.«

»Wir wissen, dass wir uns auf dich verlassen können«, schmeichelte Mona. Dann wandte sie sich an ihren Kollegen: »Komm, wir müssen erst einmal zur Dienststelle zurück.«

»Ich melde mich, wenn die *Maria Feronia* in Sicht kommt«, rief der Stegwart ihnen nach. Die Kriminalistin war von ihrem Plan begeistert, je länger sie darüber nachdachte. Jetzt musste sie ihr Vorhaben nur noch ihrem Chef schmackhaft machen. Und Enno? Er würde mitziehen, daran hatte sie keinen Zweifel. Er hatte sich noch nie quergestellt, wenn sie mit einem unkonventionellen Anliegen kam. Bei Oltbeck sah die Sache schon anders aus. Als die Ermittler auf dem Weg zum Parkplatz wieder an der *Nordsee Kajüte* vorbeikamen, waren Jan und seine Begleiterin verschwunden. Mona schob ihre Befürchtungen beiseite. Hatte sie denn gar kein Vertrauen in ihren Freund? Er würde ihr wohl kaum einen Heiratsantrag gemacht haben, wenn er sie schon am nächsten Tag mit der Blonden betrügen wollte. So hinterhältig war er nicht. Es gab bestimmt eine einfache Erklärung für seine Bekanntschaft mit dieser Frau. Vielleicht war es nur eine Seglerin, die etwas über die tückischen Gewässer rund um Borkum wissen wollte? Die Kommissarin beschloss, die Frau Jan gegenüber einfach unerwähnt zu lassen. Er sollte nicht denken, dass sie ihm hinterherspionieren würde. Auf der Rückfahrt zur Wache kam Enno auf Svenja Fassbinder zu sprechen: »Willst du unsere Verdächtige pflücken wie eine reife Frucht, sobald sie den Yachthafen betritt?«

»Das habe ich tatsächlich vor, aber erst als zweiten Schritt. – Warte ab, was ich Oltbeck gleich vorschlagen werde. Dann muss ich nicht alles doppelt erzählen.«

»Eine originelle Idee á la Mona? Ich sehe förmlich vor mir, wie der Chef sich vor Begeisterung überschlägt«, meinte Enno schmunzelnd. Mit seiner ironischen Einschätzung lag er richtig. Als sie wenig später im Büro des Dienststellenleiters saßen und die Kommissarin ihr Vorhaben erläuterte, schien Oltbecks Gesicht immer länger zu werden. Er sagte: »Verstehe ich Sie richtig, Frau Sander? Sie und Herr Moll wollen sich als Svenja und Wilfried Fassbinder ausgeben, um den potenziellen Käufer des Diebesguts zu überführen?«

Mona zeigte sich optimistisch: »Ich sehe nicht, warum der Plan scheitern sollte. Kennt der Yachtbesitzer das kriminelle Paar? Das kommt mir nicht sehr wahrscheinlich vor. Er wird nur wissen, dass es sich um Nichte und Onkel handelt – wobei ihm vielleicht noch nicht einmal diese Information vorliegt. Wie auch immer, Herr Moll und ich können vom Altersunterschied her problemlos als Wilfried und Svenja Fassbinder durchgehen.«

Der Chef erwiderte: »Sie wollen also dem Käufer die Aussage entlocken, dass er Diebesgut erwerben will? Schön, dann kann er sich deshalb auf eine Anklage gefasst machen. Aber inwieweit bringt Sie dies bei der Mordermittlung weiter?«

Der Oberkommissar kam seiner Kollegin zu Hilfe: »Wir glauben, dass es bei Fassbinders Tod um den Besitz des gestohlenen Kirchenschatzes ging. Ob seine Nichte ihn stranguliert hat, ist noch unklar. Auf jeden Fall ist sie telefonisch für uns nicht erreichbar und kehrt nicht in ihr Pensionszimmer zurück. Sie flüchtet vielleicht vor diesem Mann, der sich bei Menno Menke nach ihr erkundigt hat. Und sie interessiert sich für eine bestimmte Yacht, nämlich für die *Maria Feronia*. Vielleicht will sie mit dem Eigner ins Geschäft kommen – oder sie möchte an Bord dieses Boots Borkum den Rücken kehren. Auch das ist möglich. Da sie ihr Handy ausgeschaltet hat, wird sie den Stegwart wahrscheinlich von einem öffentlichen Telefon aus anrufen. Sobald er ihr sagt, dass sie zum Hafen kommen soll, läuft sie uns direkt in die Arme. Und wenn wir zu dem Zeitpunkt schon die Besatzung der Yacht kassiert haben, wird sie hoffentlich erkennen, dass ihr nur ein umfassendes Geständnis weiterhelfen kann.«

Oltbeck war anzusehen, wie er mit sich kämpfte. Er schätzte solche ungewöhnlichen Polizeiaktionen überhaupt nicht. Andererseits musste er zugeben, dass Monas Undercovereinsatz als Pensionsgast vor einigen Monaten bei einem rätselhaften Mordfall ein voller Erfolg gewesen war. Nachdem er innerlich offenbar das Für und Wider abgewogen hatte, gab er sich einen Ruck: »Also gut, aber achten Sie auf Eigensicherung. Wir wissen nicht, wie viele Personen sich an Bord der Yacht befinden. Ich möchte, dass Sie Ihre Dienstwaffen tragen. Außerdem sollen sich zwei Kollegen in der Nähe bereithalten, um im Notfall sofort unterstützend eingreifen zu können.«

Mona fand letztere Forderung zwar übertrieben, hielt aber lieber ihren Schnabel. Immerhin gab der Chef ihr nun grünes Licht und sie wollte seine Zustimmung nicht sofort wieder zunichtemachen. Die Kommissare bedankten sich bei ihrem Vorgesetzten und gingen nach vorn ins Wachlokal. Britt Mölders und Hauke Knudsen wollten sich bereithalten, um als Verstärkung aufzutreten. Die Fahndung nach Svenja Fassbinder verlief nach wie vor ergebnislos. Darüber wunderte Mona sich nicht. Die Personaldecke der Inselwache war eher dünn – und wenn die Verdächtige in Deckung ging, sobald sie auch nur von Weitem eine Polizeiuniform sah, konnte man lange nach ihr suchen. Ob sie Jan anrufen sollte? Es entsprach überhaupt nicht ihren Gewohnheiten, sich tagsüber bei ihrem Freund zu melden. Momentan gab es mehr als genug zu besprechen, eine Hochzeit plante sich nicht von allein. Aber da ging es um Dinge, über die man besser persönlich redete – und nicht am Telefon. Außerdem befürchtete Mona, dass sie wieder einmal ihren Mund nicht würde halten können – am Ende verdarb sie noch alles, indem sie ihren Freund wegen der Blonden ausquetschte … *Jan ist schließlich kein Verdächtiger,* führte sie sich vor Augen, *und ich bin nicht seine Ermittlerin, sondern seine Braut!* Die Kommissarin zuckte zusammen, als ihr Smartphone klingelte. Im ersten Moment fürchtete sie, dass ihr Zukünftiger mit einer Hiobsbotschaft aufwarten wollte. Doch es war nur der Stegwart, der sie anrief: »Moin, Mona. Die *Maria Feronia* hat mich angefunkt. Sie nimmt Kurs auf Borkum und wird in spätestens einer halben Stunde anlegen.«

Kapitel 8

»Jetzt geht es los!«, sagte Mona, wobei sich ihr Pulsschlag beschleunigte. »Lass uns noch schnell bei mir daheim vorbeifahren.«

Enno warf ihr einen fragenden Blick zu.

»Wir müssen meine kleine Reisetasche holen«, erklärte sie. »Wir brauchen schließlich ein Behältnis, in dem sich angeblich der Kirchenschatz befindet.«

»Ja, daran hatte ich gerade nicht gedacht«, gab der Oberkommissar zu, »allerdings bekommen wir ein Problem, wenn der Skipper die einzelnen Beutestücke in Augenschein nehmen will.«

»Du hast recht – falls das geschieht, müssen wir improvisieren«, erwiderte seine Kollegin. Auf der Fahrt zum Hafen telefonierte sie noch einmal mit dem Stegwart. Von ihm erfuhr sie, dass der Besitzer der *Maria Feronia* Jonas Lemper hieß. Sie beendete das Gespräch und ließ den Namen auf ihrem Smartphone durch eine Suchmaschine laufen.

»Enno, unser Liebhaber von Sakralkunst ist anscheinend ein Privatier.«

»Also ein Nichtstuer, der noch nie gearbeitet hat?«

Sie lachte und erwiderte: »Ich hätte es nicht schöner ausdrücken können. – Ernsthaft, Lemper ist der Erbe eines beträchtlichen Vermögens. Er verfügt offenbar über genügend freie Zeit, um sich mit Prominenten zu umgeben, und für wohltätige Zwecke zu spenden. Von Kunstsammlungen ist bei den öffentlich zugänglichen Informationen ausdrücklich nicht die Rede.«

»Das erstaunt mich nicht«, meinte der Oberkommissar, »falls Lemper schon öfter illegal Kunstgegenstände erworben hat, dann wird er bestimmt nicht mit dem Besitz dieser Objekte protzen – und falls doch, dann höchst diskret im privaten Rahmen und ganz gewiss nicht im Internet, wo die Polizei mitlesen kann.«

Es dauerte nicht lange, bis die Ermittler wieder den Yachthafen erreicht hatten. Mona teilte dem Stegwart mit, dass sie und Enno jetzt »unter falscher Flagge segelten«, um Kriminelle zu überführen. Er nahm die Information mit der Unerschütterlichkeit der Inselfriesen zur Kenntnis: »Dann drücke ich euch die Daumen, dass ihr die Schurken überführen könnt. In meinem Hafen sollen keine krummen Dinger gedreht werden.«

»Wir tun, was wir können. Du darfst uns nur nicht versehentlich mit unseren echten Namen anreden«, schärfte Mona ihm ein. Die *Maria Feronia* war bereits in Sichtweite – ein eleganter weißer Kabinenkreuzer, der gewiss erst vor wenigen Jahren in Dienst gestellt worden war. Der Stegwart stand mit dem Skipper in Funkkontakt und dirigierte ihn zu dem angewiesenen Liegeplatz. Nachdem die Leinen festgezurrt worden waren und die Fender ausgebracht wurden, schob ein junger Mann in weißer Kleidung eine Gangway auf den Steg. Mona hatte bei ihrer kurzen Recherche Fotos von Lemper gesehen. Er führte solche einfachen Arbeiten offenbar nicht persönlich aus.

»Wir sind Svenja und Wilfried Fassbinder«, sagte sie. Enno hielt die Reisetasche, in die er zuvor einige Ziegelsteine getan hatte. Sie war entsprechend ausgebeult. So entstand die Illusion, dass sich darin schwere Kunstgegenstände befanden. Der Streifenwagen mit den beiden Polizeikollegen parkte in der Nähe, die Sicht auf ihn wurde von der Yacht aus allerdings durch einen Schuppen verdeckt. Es war alles für das Täuschungsmanöver vorbereitet.

»Kommen Sie an Bord«, sagte der junge Mann. »Herr Lemper erwartet Sie bereits.«

Gab es außer dem Weißgekleideten noch weitere Besatzungsmitglieder? Dies erschien der Kommissarin zumindest wahrscheinlich, denn die *Maria Feronia* war zu groß, um alle Aufgaben von nur einem Matrosen erledigen zu lassen – selbst dann nicht, wenn Lemper sich höchstpersönlich ans Ruder stellte. Mona ließ ihre Blicke unauffällig schweifen, als sie auf das Achterdeck trat.

»Folgen Sie mir bitte«, sagte der junge Mann. Er öffnete die Luke zum holzgetäfelten Wohnsalon, der im Stil eines englischen Landhauses eingerichtet war. Lemper saß in einem grünen Clubsessel mit Lederbezug. Er erhob sich lächelnd, als seine vermeintlichen Gäste eintraten. Der Privatier war ein athletisch wirkender Mann in den Vierzigern, braun gebrannt und mit einem kurz geschnittenen blonden Vollbart. Auf den Fotos, die Mona kurz zuvor gesehen hatte, war er glattrasiert gewesen. In seiner weißen Jeans und dem Polohemd von gleicher Farbe wirkte er durchaus anziehend. Aber die Kommissarin wollte nicht mit ihm anbandeln, sondern ihn eines Verbrechens überführen. Lemper begrüßte sie, sein Händedruck war kraftvoll.

»Setzen Sie sich doch bitte«, sagte er. Die beiden nahmen auf einem Sofa Platz, das direkt gegenüber von dem Gastgeber im Boden verschraubt war.

»Ich freue mich, dass unser Termin heute zustande gekommen ist«, betonte Lemper, wobei er Enno anschaute. Offenbar hielt er den Oberkommissar für die treibende Kraft hinter dem Diebstahl. Die Kriminalisten wussten natürlich nicht, was die Verbrecher im Vorfeld mit dem zukünftigen Käufer verhandelt hatten. Sie mussten spontan reagieren – und Lemper vor allem die Aussage entlocken, dass er etwas Illegales im Schilde führte. Der Ostfriese lächelte und berührte mit der flachen Hand die Reisetasche, die er neben sich platziert hatte.

»Es war uns ein Vergnügen«, sagte er, »wobei meine Nichte natürlich die Vorarbeit geleistet hat. Ohne ihre Erkenntnisse, die sie als Novizin erworben hat, wären die Sicherheitsvorkehrungen wohl kaum zu überwinden gewesen.«

Mona fügte lächelnd hinzu: »Die Vertrauensseligkeit der Nonnen ist allerdings schon sehr groß. Ich fürchte, dass sie schwer von mir enttäuscht sein werden. Aber damit muss ich wohl leben.«

Sie lachte, als ob sie einen guten Witz gemacht hätte. Auch Enno und Lemper amüsierten sich, aber dann wurde der Gastgeber wieder ernst und schaute die beiden forschend an: »Sie sind ein gutes Team, das spürt man sofort. Haben Sie vergleichbare Geschäfte schon öfter getätigt?«

Ob diese Frage eine Falle war? Mona hatte natürlich keine Ahnung, inwieweit Lemper die Fassbinders schon überprüft hatte. Sie erwiderte: »Nein, nicht in dieser Form. Übrigens handelt es sich bei den sakralen Kunstwerken aus dem *Akazienkonvent* um Einzelstücke, die einen unschätzbaren Wert darstellen.«

Bevor Lemper auf ihre Worte eingehen konnte, betrat ohne Vorankündigung eine Frau die Kajüte. Sie musste aus der dahinter liegenden Kombüse gekommen sein. Auf jeden Fall hielt sie ein Silbertablett in den Händen, auf dem drei Champagnerkelche standen. Sie war wie eine Bedienung gekleidet, ganz klassisch mit knielangem schwarzem Rock und weißer Bluse. Die Serviererin strahlte eine professionelle Freundlichkeit aus.

»Bevor wir dieses Thema vertiefen, möchte ich mit Ihnen auf unseren gemeinsamen Erfolg trinken«, sagte Lemper mit einem geschäftsmäßigen Lächeln auf den Lippen. Er nahm eines der Gläser an sich, die Kommissare griffen zu den beiden anderen. Natürlich mussten sie mit dem Verdächtigen anstoßen, obwohl sie im Dienst waren. Jede andere Reaktion hätte ihn misstrauisch werden lassen.

»Auf die sakrale Kunst!«, sagte Lemper und hob lächelnd sein Glas. Mona und Enno prosteten ihm zu und tranken ein wenig von dem Schaumwein. Die Kommissarin hatte die Flüssigkeit kaum heruntergeschluckt, als sie die Gefahr erkannte. Es war, als ob sie plötzlich neben sich stehen würde. Ihr Herz begann zu rasen. Sie schaute Enno an und registrierte, dass er kreidebleich geworden war. Er rang nach Luft – und auch sie bekam Atemprobleme. In ihren Adern kribbelte es, ein trügerisches Gefühl von Harmonie und Gleichgültigkeit machte sich breit. Mona hatte schon oft genug die Opfer von K.-o.-Tropfen während ihrer Arbeit getroffen – nun machte sie selbst mit dem Teufelszeug Bekanntschaft. Ihr würden nur noch wenige Momente bleiben, bis sie von einer völligen Willenlosigkeit ergriffen wurde. Dann konnte Lemper mit ihr machen, was er wollte. Und das durfte auf keinen Fall geschehen. Sie zog ihr Funkgerät unter dem Oberteil hervor, aktivierte mit letzter Kraft die Sprechfunktion: »Sofortiger Zugriff auf der *Maria Feronia*! Wir brauchen dringend Verstärkung!«

Enno rutschte bereits vom Sofa, die Droge schien bei ihm stärker zu wirken als bei ihr. Mona hätte ihm gern geholfen, aber sie war wie gelähmt. Immerhin registrierte sie, dass ihr Funkkontakt Lemper aus dem Konzept gebracht haben musste. Offenbar hatte er nicht damit gerechnet, an Undercover-Polizisten zu geraten. Er warf ihr einen erstaunten Blick zu, während er näherkam und den Reißverschluss der Reisetasche öffnete. Mona stieß ein schrilles Kichern aus, als der Verbrecher die Ziegelsteine erblickte. Lemper konnte über das Täuschungsmanöver nicht lachen. Er schien der Kommissarin an die Kehle gehen zu wollen – aber im nächsten Moment wurde mit einem lauten Krachen die Luke aufgestoßen. Britt und Claas stürmten herein, richteten ihre Pistolen auf Lemper und die Bedienung, die vor Angst kreischte.

»Hände hoch! Auf die Knie!«, kommandierte der Polizeimeister mit rauer Stimme. Wie durch einen Weichzeichner oder Tränenschleier sah Mona, wie die beiden Täter verhaftet wurden. Dann wurde es um sie herum immer dunkler, bis sie schließlich in absoluter Schwärze versank.

*

Als die Kommissarin wieder die Augen aufschlug, lag sie in einem Krankenhausbett. Ihr Mund war staubtrocken, sie hatte Kopfschmerzen, ihre Augen brannten. Aber sie fühlte sich wieder lebendig und konnte halbwegs klar denken. In ihrem Arm steckte eine Hohlnadel, die über einen Schlauch mit einem Beutel Infusionslösung verbunden war. Mona trug ein Hospitalhemd, sonst nichts. Jemand musste sie ausgezogen haben. Es klopfte, und Birte Moll betrat das Krankenzimmer. Ennos Frau lächelte, wie die Ermittlerin zu ihrer großen Erleichterung registrierte. Das hätte sie bestimmt nicht getan, wenn es ihrem Ehemann schlecht ging. Mona würde sich nie verzeihen können, wenn Enno wegen ihres Einfalls etwas Schlimmes geschehen wäre.

»Du bist also auch schon wieder von den Toten auferstanden«, stellte Birte lächelnd fest.

»Wie geht es Enno?«, krächzte die Kommissarin.

»Mein Gatte trinkt schon wieder jede Menge Tee, also befindet er sich auf dem aufsteigenden Ast«, meinte Frau Moll, »er war kurzzeitig bewusstlos, und die Sanitäter hatten Mühe, ihn vom Boden in der Yacht auf die Trage zu hieven. Aber im Krankenhaus ist er schnell wieder aufgewacht. Du musst dir keine Sorgen machen, Mona.«

»Und was ist mit den Verdächtigen?«

Mona musste einfach erfahren, wie es mit Lemper und dessen Handlangern weitergegangen war. Birte Moll zuckte mit den Schultern: »Britt hat mir verraten, dass es drei Verhaftungen gab. Mehr weiß ich nicht.«

Also Lemper, die Champagner-Kellnerin und der junge Mann in Weiß? Darüber hätte die Kommissarin sich eigentlich freuen sollen. Aber offenbar war die echte Svenja Fassbinder immer noch auf freiem Fuß. Und das wurmte Mona gewaltig. Sie schaute zum Fenster, draußen war es stockdunkel.

»Wie spät ist es?«

»0.35 Uhr am nächsten Morgen«, teilte Birte ihr mit. »Ich bin seit zwei Stunden hier, Dr. Siemers hat mich angerufen, nachdem ihr hier eingeliefert wurdet. Als ich im Krankenhaus eintraf, ist mein Göttergatte gerade aufgewacht. Er erzählte mir von seiner Idee, wie du und er einen gefährlichen Kriminellen überlisten wolltet.«

Also hatte Enno geschwindelt und die Schuld für die Aktion auf sich genommen, damit Mona nicht von seiner Frau zur Verantwortung gezogen wurde. Die Kommissarin war gerührt. Sie lächelte einfach nur – um Birte nicht sagen zu müssen, dass sie belogen worden war.

»Du siehst noch ziemlich müde aus«, sagte Ennos Frau und strich der Ermittlerin über das Haar. Sie fügte hinzu: »Mach die Augen zu, es ist viel zu früh zum Aufstehen.«

Monas Lider fühlten sich plötzlich so schwer an, als ob sie aus Blei wären. Sie schlummerte bereits wieder ein, bevor ihre Besucherin den Raum verlassen hatte.

Als die Kommissarin das nächste Mal erwachte, wurde ihr Krankenzimmer von hellem Sonnenlicht durchflutet. Und sie hatte einen neuen Besucher – nämlich ihren Chef. Mona erschrak und zog sich instinktiv die Bettdecke bis zur Nasenspitze hoch. Sie machte sich auf ein gewaltiges Donnerwetter gefasst, aber Oltbeck wirkte eher besorgt als ärgerlich.

»Ich hatte Ihnen ja prophezeit, dass solche Undercover-Aktionen ein gewisses Risiko in sich bergen, Frau Sander«, sagte er mit einem besserwisserischen Unterton in der Stimme. Eigentlich waren dies nicht seine genauen Befürchtungen gewesen, aber Mona wollte keine Wortklauberei betreiben. Es erschien ihr momentan ohnehin klüger, die reuige Sünderin zu mimen: »Ja, Sie hatten Recht, Herr Oltbeck. Und dank Ihrer Anweisung hielten sich die Kollegen ja in unmittelbarer Nähe bereit. Wenn sie nicht so schnell hätten eingreifen können, wäre es für Herrn Moll und mich wahrscheinlich schlimmer ausgegangen.«

Ihr Vorgesetzter nickte huldvoll: »Ja, ich versuche stets, vorausschauend zu denken. Es wird Sie freuen, zu hören, dass Herr Moll soeben aus dem Krankenhaus entlassen werden konnte. Er ist jetzt nach Hause gegangen, um seine Kleidung zu wechseln. Gleich findet auch bei Ihnen die Visite statt – und wenn die Ärzte mit Ihren Vitalwerten zufrieden sind, können Sie auch gehen.«

Das war eine Aussicht, die Mona zuversichtlich stimmte. Jetzt wollte sie unbedingt erfahren, was sich während der vergangenen Nacht noch alles abgespielt hatte. Sie erklärte: »Als die K.-o.-Tropfen bei mir zu wirken begannen, schienen die Kollegen Lemper und seine Mitarbeiterin festgenommen zu haben. Ist dies wirklich geschehen oder hat die Droge es mir nur vorgegaukelt?«

Oltbeck schüttelte lächelnd den Kopf: »Nein, das war keine Illusion. Jonas Lemper sowie seine beiden Mitarbeiter – die junge Frau und der junge Mann – befinden sich in unseren Arrestzellen.«

»Das ist ja wenigstens mal eine gute Nachricht!«, stieß die Kommissarin hervor. »Bedauerlich ist nur, dass von Svenja Fassbinder offenbar nach wie vor jede Spur fehlt.«

»Nein, da sind Sie noch nicht auf dem neuesten Stand, Frau Sander. – Nachdem die Yachtbesatzung verhaftet wurde, ging ich davon aus, dass Svenja Fassbinder sich früher oder später beim Stegwart melden würde. Und so war es auch. Er teilte ihr mit, dass die *Maria Feronia* inzwischen in den Hafen eingelaufen sei. Eine halbe Stunde später erschien die Mörderin auf der Bildfläche, sie lief unseren Kollegen praktisch in die Arme.«

Mörderin? Mona war noch nicht hundertprozentig davon überzeugt, dass Svenja Fassbinder ihren Onkel auf dem Gewissen hatte. Aber sie verzichtete momentan auf einen Widerspruch – zu groß war ihre Freude darüber, von ihrem Chef ausnahmsweise keinen Anpfiff bekommen zu haben.

»Also sitzt Svenja Fassbinder jetzt auch in einer Gewahrsamszelle?«, vergewisserte sie sich. Oltbeck nickte: »So ist es, Frau Sander. Sie werden gewiss persönlich an den Verhören teilnehmen wollen. Ich gehe davon aus, dass wir mit einem Geständnis diesen Fall möglichst bald abschließen können.«

Eigentlich waren noch viele Fragen offen, wie die Kommissarin fand. Wo befand sich der Kirchenschatz? Was hatten die lateinischen Begriffe in Fassbinders Notizbuch zu bedeuten? Welchen Sinn hatte der Holzvogel in der Hand des Toten? Aber sie schluckte ihre Einwände herunter und schenkte Oltbeck ein Lächeln. Auf dem Flur waren Geräusche zu hören. Ihr Chef erhob sich von dem Besucherstuhl, auf dem er gesessen hatte.

»Die Visite rückt näher, wie mir scheint. Dann will ich nicht länger stören. Falls die Ärzte Sie für diensttauglich erklären, sehen wir uns später auf der Wache.«

Mit diesen Worten verabschiedete sich ihr Vorgesetzter. Er gab sich quasi mit Dr. Siemers die Klinke in die Hand. Der Arzt begrüßte Mona und fühlte ihren Puls, dann erklärte er: »Das GHB in Ihrem Blut war ziemlich hoch dosiert. Es war ein Glück, dass Sie nur einen Schluck von dem Champagner getrunken haben – das wurde mir von Herrn Moll mitgeteilt. Wenn Sie beide ihre Gläser geleert hätten, wären Sie völlig willenlos geworden und hätten keine Kontrolle mehr über Ihre Gliedmaßen gehabt.«

»Könnte man von einem Mordversuch sprechen?«, wollte die Kommissarin wissen.

»Bei Ihrem Kollegen auf jeden Fall«, bestätigte der Mediziner. »Aufgrund seines Alters und seines Übergewichts hätte er den Giftanschlag vermutlich nicht überlebt.«

Mona wurde sauer – vor allem auf Lemper, aber auch auf sich selbst. Warum hatte sie ihren besten Freund einem so großen Risiko ausgesetzt? Hätte es nicht auch andere Möglichkeiten gegeben, den Käufer von gestohlener Sakralkunst zu überführen? Natürlich war der Polizeiberuf immer mit Risiken verbunden – aber wenn Enno aufgrund der Undercover-Aktion gestorben wäre, hätte sie sich das niemals verzeihen können. Der Arzt schien zu spüren, was in ihr vorging.

»Ich konnte Herrn Moll vorhin getrost nach Hause entlassen«, versicherte er mit einem beruhigenden Lächeln. »Er wollte lieber daheim als im Krankenhaus frühstücken.«

Das klingt wirklich nach Enno, dachte sie und fragte: »Und was ist mit mir?«

Dr. Siemers entfernte die Infusionsnadel aus ihrem Arm und klebte ein Pflaster auf die Wunde.

»Sie können ebenfalls gehen, wenn Sie mir versprechen, beim Dienst heute einen Gang runterzuschalten«, sagte der Mediziner und fügte nach einer kurzen Pause hinzu: »Ob Ihnen dies dann gelingt, ist eine ganz andere Frage.«

Mona richtete sich im Bett auf und versuchte, möglichst treuherzig zu schauen. Nachdem Dr. Siemers sie gesundgeschrieben und das Zimmer verlassen hatte, zog sie sich schnell an und bestellte ein Taxi. Ihr Fahrrad befand sich ja immer noch bei der Polizeistation. Es dauerte nicht lange, bis das Auto eintraf.

»Hast du eine lange Nacht gehabt?«, fragte der Fahrer, mit dem die Kommissarin per Du war. Sie kannte ihn, genau wie seine Berufskollegen. Allzu viele gab es von ihnen auf der Insel allerdings nicht. Kaum einer lebte allein vom Taxifahren, sondern ging noch anderen Tätigkeiten nach. Von den Chauffeuren hatte die Ermittlerin schon so manchen wertvollen Tipp bekommen, der sie bei einem kniffligen Fall weitergebracht hatte.

»Ich war im Drogenrausch, wenn auch nicht freiwillig«, gab sie augenzwinkernd zurück, nachdem sie sich auf dem Beifahrersitz angeschnallt hatte.

»Verschaukeln kann ich mich allein«, erwiderte er.

»Ich meine es todernst. – Fährst du mich nach Hause, Eik? Du kannst auch kurz warten, ich muss mich nur umziehen – und dann geht es zur Wache.«

Eik hatte Mona schon öfter kutschiert – daher musste sie ihm ihre Adresse nicht verraten. Nachdem er losgefahren war, sagte er: »Es passieren schon verrückte Sachen auf Borkum. – Gestern habe ich doch tatsächlich einen Mönch gefahren, stell dir vor. Das war ein seltsamer Mensch.«

Die Kommissarin horchte auf: »Inwiefern?«

»Der Klosterbruder ist am Inselbahnhof eingestiegen«, begann der Fahrer zu berichten, »das tun ja die meisten Kunden, die kein Taxi telefonisch anfordern. Als Erstes fragte er mich nach einem Geschäft, in dem man eine Taschenlampe kaufen kann. Nun gut, das ist nicht so ungewöhnlich. Auch ein gläubiger Mann kann ja nicht ohne Licht leben, oder? Also fuhr ich ihn zu einem passenden Haushaltswarengeschäft. Aber danach wurde es noch seltsamer. Der Mönch wollte zur Kiekhütte. Ich sagte ihm, dass sie im Naturschutzgebiet läge und man mit dem Pkw nicht bis dorthin gelangen könnte. Also fuhr ich ihn so weit wie möglich in die Nähe und beschrieb ihm, welchen Fußweg er nehmen musste, um sie zu erreichen. Er bedankte sich und meinte, dass er schon einmal dort gewesen wäre. Dann verschwand er in der Dunkelheit. – So, da wären wir!«

Die Fahrt hatte nur sechs oder sieben Minuten gedauert. Länger benötigte man nicht, um mit dem Auto vom Borkumer Stadtkrankenhaus in der Gartenstraße bis zur Walfangerstrate zu gelangen. *Wo ich wohl in Zukunft wohnen werde?,* dachte Mona. Noch wusste sie nicht, wo Jans geerbtes Haus sich befand. Aber sie musste sich jetzt auf den Job konzentrieren und durfte nicht über ihr privates Glück fantasieren, so angenehm solche Überlegungen auch waren. Sie sagte: »Du wartest bitte auf mich, ja? Ich brauche nicht lange!«

»Das sagt ihr Frauen immer.«

»Macho!«

»Nee, eher Scherzkeks. – Natürlich fahre ich nicht weg, Mona. Allein schon, weil du noch nicht bezahlt hast.«

Sie lachte und erwiderte: »Gut, bis gleich.«

Nachdem die Kommissarin ihre Wohnung betreten hatte, beschloss sie, noch fix zu duschen. Erstens war sie während ihrer Jahre bei der Polizei zu einer echten Schnellduscherin geworden, und zweitens fühlte sie sich durch die Ereignisse des Vorabends beschmutzt – obwohl sich Lemper ja glücklicherweise nicht an ihr hatte vergreifen können. Trotzdem hoffte sie, das Gefühl des Ausgeliefertseins wegzuspülen. Während das heiße Wasser rauschte und sie sich einseifte, dachte sie über Eiks Aussage nach. Der Taxifahrer war kein Wichtigtuer, der sich Geschichten ausdachte, um Mona zu beeindrucken. Sie hatte keinen Grund, an seinen Worten zu zweifeln. Bei dem Mönch hatte es sich wahrscheinlich um Bruder Ludger gehandelt. Zumindest war der Ermittlerin kein anderer Ordensmann bekannt, der sich momentan auf Borkum aufhielt. Mona war sicher, dass weder sie noch Enno Bruder Ludger gegenüber die Kiekhütte erwähnt hatten. Also musste er diese Information aus anderer Quelle haben. Ob Fassbinder mit *ihm* an dem einsamen Ort verabredet gewesen war? Die Kommissarin frottierte sich ab, nachdem sie ihre Dusche beendet hatte. Sie zog frische Kleidung an. Die Ermittler waren ja bereits davon überzeugt gewesen, dass der Mönch nicht mit offenen Karten spielte. Dieser Eindruck wurde jetzt nur noch verstärkt. Sie konnte es kaum abwarten, die neuen Informationen mit Enno zu teilen – und ihn vor allem wiederzusehen. Die letzte Erinnerung, die sie an ihn hatte, war der Moment, als er an Bord der *Maria Feronia* bewusstlos vom Sofa gerutscht war. Ihr lief immer noch ein kalter Schauer über den Rücken, als sie daran dachte. Sie eilte die Treppe hinunter und ließ sich wieder auf den Beifahrersitz des Taxis fallen. Eik sog scharf die Luft in seine Nase: »Du duftest betörend, Mona!«

»Und du hast heute wohl wirklich einen Clown gefrühstückt!«, gab sie lächelnd zurück. »Los, Abflug zur Strandstraße!«

Als das Taxi bei der Wache hielt, gab die Kommissarin dem Fahrer ein großzügiges Trinkgeld. Sie betrat das Gebäude von der Hofseite aus, weil sie momentan keine Lust auf Grietjes Sprüche hatte. Ihr Herz schlug bis zum Hals, während sie die Klinke ihres Arbeitszimmers herunterdrückte. Enno saß auf seinem Platz und trank Tee, als ob nichts vorgefallen wäre.

»Moin, alles klar bei dir?«, fragte er auf seine unerschütterliche Art. Sie stürmte auf ihn zu und fiel ihm um den Hals: »Nee, eigentlich nicht! Ich hab mir Sorgen um dich gemacht. Und ich habe dir noch nicht gedankt, weil du die Schuld für diese dumme Undercover-Aktion auf dich genommen hast.«

»Immerhin gab es drei Verhaftungen, so sinnlos war die Maßnahme also gar nicht«, brummte Enno, während er sich sanft von ihr löste. Mona wischte sich die Tränen aus den Augen: »Ich bin jedenfalls froh, dass es dir wieder gut geht. – Du wirst nicht glauben, was ich eben gerade erfahren habe.«

Sie erzählte ihm von der Aussage des Taxifahrers. Der Oberkommissar erwiderte: »Ich habe auch Neuigkeiten. Auf dem Weg zum Dienst traf ich den Pastor von *Maria Meeresstern*. Wir schnackten ein wenig miteinander – und es stellte sich heraus, dass er gar keinen Mönch bei sich beherbergt. Daraufhin rief ich im Ulmenkloster auf dem Festland an, was wir ja eigentlich schon gestern vorhatten. Dort wurde mir versichert, dass es dort keinen Bruder Ludger gäbe.«

Kapitel 9

»Jetzt kenne ich endlich die wahre Bedeutung des Wortes *scheinheilig*«, erwiderte die Kommissarin grimmig, »ich kann es kaum erwarten, mir diesen Betrüger vorzuknöpfen!«

»Der läuft uns nicht weg«, gab ihr Kollege beruhigend zurück, »und wir sollten ihn zunächst nicht spüren lassen, dass wir ihn durchschaut haben. Auf diese Weise erfahren wir wahrscheinlich mehr über seine wahren Hintergründe, als wenn wir ihn direkt auf seine Kostümierung ansprechen.«

»Ich schätze, du hast recht – obwohl es mir schwerfallen dürfte, meine wahren Gefühle zu verbergen«, erwiderte Mona.

»Trink erst mal eine oder zwei Tassen Tee, dann fühlst du dich garantiert besser«, riet Enno, »und ich habe dir etwas mitgebracht, damit du nicht nur Flüssigkeit in den Bauch bekommst.«

Er gab ihr eine Bäckertüte, in der sich ein Mandelbogen befand – ihr Lieblingsgebäck. Sie warf ihm eine Kusshand zu: »Genau das brauche ich jetzt! Vielleicht sollte ich doch lieber dich heiraten!«

»Dagegen hätte Birte zweifellos etwas einzuwenden«, erwiderte er schmunzelnd. Während Mona an dem süßen Teilchen zu knabbern begann, griff der Oberkommissar zum Telefonhörer: »Moin, Bruder Ludger! Wie geht es Ihnen heute? Haben Sie gut geschlafen? – Ja, die gute Meeresluft ist für viele Neuankömmlinge erst einmal ungewohnt. Wir haben hier auf Borkum schließlich Hochseeklima – das gibt es außer bei uns nur noch auf Helgoland, ansonsten auf keiner anderen deutschen Insel. Aber deshalb rufe ich nicht an. Sie könnten uns vielleicht bei der Entschlüsselung einiger Hinweise helfen, auf die wir bei der Mordermittlung gestoßen sind. – Ja, das wäre gut. – Ich bedanke mich im Voraus, bis später dann.«

Mona warf ihrem Kollegen einen fragenden Blick zu.

»Es kann nichts schaden, wenn wir dem angeblichen Mönch die Einträge in Fassbinders Notizbuch zeigen«, meinte der Oberkommissar, »das ist nämlich der einfachste Weg, um ihn zu entlarven. Als echter Klosterbruder müsste er der lateinischen Sprache mächtig sein. Wahrscheinlich haben die Worte etwas mit der Beute aus dem *Akazienkonvent* zu tun.«

»Ich bin verwirrt«, gestand Mona, »also war Fassbinder doch ein richtiger Mönch? Sein Bruder hat behauptet, er wäre auf die schiefe Bahn geraten und würde lügen, dass sich die Balken biegen.«

Enno schüttelte den Kopf.

»Denk daran, dass Fassbinders Ordensname in seinem Personalausweis eingetragen war«, erinnerte er und fuhr fort: »Du weißt so gut wie ich, dass solche Dokumente heutzutage nur noch schwer zu fälschen sind. Ich gehe davon aus, dass er zumindest irgendwann in seinem Leben tatsächlich eine Zeit lang hinter Klostermauern gelebt hat.«

»Also wollte Thomas Fassbinder uns in die Irre führen?«, dachte Mona laut nach. Ihr Kollege zuckte mit den Schultern: »Das ist die eine Möglichkeit. Die andere besteht darin, dass die beiden einander aus den Augen verloren haben und Thomas schlicht nichts von Wilfrieds geistlicher Berufung wusste. Vielleicht ist ja die Nichte etwas auskunftsfreudiger. – Bruder Ludger will jedenfalls gegen Mittag zu uns auf die Wache kommen, dann können wir ihn *ins Gebet nehmen.*«

Mona trank ihren Tee aus und sagte: »Bis dahin sollten wir uns zunächst mit den netten Menschen befassen, die uns gestern mit K.-o.-Tropfen traktiert haben.«

»Dagegen ist nichts einzuwenden«, erwiderte ihr Kollege. Allerdings stellte sich heraus, dass Jonas Lemper die Aussage verweigerte, bis sein Rechtsbeistand auf Borkum eingetroffen sein würde. Darüber wunderte die Kommissarin sich nicht. Vermutlich übernahm ein Starverteidiger das Mandat. Mona bat darum, zunächst Lydia Grun in den Verhörraum zu bringen. So hieß die junge Frau, von der die Ermittler den mit Drogen versetzten Champagner bekommen hatten. Die Kriminalistin ließ den Namen zunächst durch die polizeilichen Datenbanken laufen. Lydia Grun war bisher nicht in Erscheinung getreten, es handelte sich offenbar um eine Ersttäterin. Als die Kommissare zu ihr kamen, hatte sie bereits am Tisch Platz genommen. Lydia Grun versuchte, selbstbewusst zu wirken. Trotzdem konnte Mona deutlich ihre tieferliegende Unsicherheit spüren. Enno belehrte sie zunächst über ihre Rechte.

»Ich verweigere die Aussage«, erklärte Lempers Mitarbeiterin mit leicht zitternder Stimme.

»Das steht Ihnen natürlich frei«, gab Mona zurück, wobei sie Lydia so lange in die Augen schaute, bis diese den Blick senkte. Die Ermittlerin fuhr fort: »Da Sie nichts sagen wollen, rede ich jetzt einfach ein wenig. – Ihnen ist bewusst, dass Sie am versuchten Mord an zwei Polizeibeamten beteiligt sind? Das ist zumindest der

Verdacht, unter dem Sie stehen. Ich habe mit einem Arzt gesprochen. Die Menge GHB, die Sie uns verabreicht haben, hätte uns umbringen können. Natürlich haben Sie nicht auf eigene Faust gehandelt, darüber bin ich mir völlig im Klaren.«

Lydia Grun war blass geworden. Sie griff sich selbst an die Kehle, rang nach Luft.

»Wenn Sie wollen, öffne ich das Fenster«, bot Enno freundlich an. Die junge Frau schüttelte den Kopf. Mona sprach unbeirrt weiter: »Soll ich Ihnen sagen, was ich vermute? Ihr Chef wird sich einen Dreck darum scheren, welche Strafe Sie erwartet. Ganz im Gegenteil – er wird die ganze Schuld auf Sie abwälzen. Und dafür haben Sie ihm ja eine Steilvorlage geliefert, oder? Die Champagnerkelche waren die Mordinstrumente – aber die wurden uns von *Ihnen* serviert!«

»Ja, aber auf direkte Anweisung von Herrn Lemper!«, brach es aus Lydia Grun heraus. Ihren Vorsatz, keine Aussage zu machen, hatte sie nicht lange durchgehalten. Sie fügte hinzu: »Warum hätte ich Ihnen etwas antun sollen? Ich kenne Sie ja gar nicht. Mein Chef sagte, diese Tropfen würden Sie nur betäuben. Sie hätten etwas in Ihrem Besitz, das er unbedingt haben wollte.«

»Geht das noch etwas genauer?«, hakte Mona nach. Die Serviererin rutschte auf ihrem Stuhl hin und her, als ob sie auf heißen Kohlen säße.

»Zu mir hat er nichts gesagt«, murmelte Lydia Grun, »aber ich habe ein paar Worte eines Telefonats von Herrn Lemper aufgeschnappt. Da war die Rede von wertvollen Kunstwerken aus einem Kloster, die ihm angeboten wurden. Er sagte: ›Und natürlich werden die Schätze mir nicht vom Papst persönlich verkauft‹. Dabei lachte er.«

Konnte man diese Worte so verstehen, dass es sich zwangsläufig um Diebesgut handeln musste? *Nicht unbedingt,* dachte Mona. Ein cleverer Strafverteidiger würde diese Aussage entkräften, obwohl die Umstände des geplanten Verkaufs sehr dubios waren. Die Kommissarin kam auf den vergangenen Abend zurück: »Mein Kollege und ich sollten also nur betäubt werden. Was war als Nächstes geplant?«

»Herr Lemper wollte die Ware, die Sie ihm anboten, prüfen. Danach hätte die *Marie Feronia* den Hafen wieder verlassen«, flüsterte Lydia Grun. Sie konnte Mona nicht anblicken.

»Sie hätten uns auf hoher See über Bord geworfen, wo wir ersoffen wären«, vermutete die Ermittlerin. Die Verdächtige begann zu weinen. Mona und Enno warteten ein wenig, bis sie sich wieder halbwegs beruhigt hatte. Die Kommissarin reichte der Verdächtigen ein Papiertaschentuch. Dann fragte sie: »In welcher Beziehung stehen Sie eigentlich zu Jonas Lemper?«

Lydia Grun putzte sich die Nase, wischte ihre Tränen weg und antwortete zögernd: »Er ist mein Arbeitgeber, nicht mehr und nicht weniger. Ich bin als seine Haushälterin für ihn tätig, sozusagen ein Mädchen für alles. Ich koche, bediene seine Gäste und begleite ihn auf Reisen, dies gilt auch für Ausflüge mit der Yacht.«

Die Ermittlerin blickte Lydia Grun prüfend an. Ob sie auch die Geliebte des Privatiers war? Diese Frage konnte interessant sein – nämlich dann, wenn sie ihn deckte und seine illegalen Machenschaften unter den Teppich kehrte. Mona ließ einen Versuchsballon steigen: »Erzählen Sie uns von seiner Kunstsammlung.«

Die Verdächtige klang überrascht: »Sie wissen davon?«

Ich bin gut im Raten, dachte die Kriminalistin. Sie sagte: »Die Polizei kann auch Dinge herausfinden, die sich im Verborgenen abspielen.«

»Herr Lemper legt nämlich großen Wert darauf, dass niemand etwas von seiner Sammlung erfährt«, betonte Lydia Grun, die sich offenbar mit dieser vagen Erklärung zufriedengab. Sie fuhr fort: »Die Kunstschätze befinden sich im Westflügel von Herrn Lempers Landhaus. Dort haben nur ausgewählte Gäste Zutritt. Man kann von außen nicht hineinschauen, die Fensterläden müssen stets geschlossen sein. Es gibt eine Klimaanlage. Und ich bin die Einzige, die dort sauber machen darf. – Ich verstehe nicht viel von diesen Werken, aber einige müssen mehrere Hundert Jahre alt sein. Es sind mit Edelsteinen besetzte christliche Kreuze, Trinkpokale, Heiligenstatuen – solche Dinge eben.«

Also interessierte Lemper sich schon länger für Sakralkunst. Dies war auch eine Erklärung dafür, dass die Fassbinders mit ihm in Kontakt getreten waren. Sie hatten wahrscheinlich gehofft, für das Diebesgut eine beträchtliche Geldsumme zu kassieren. Dass Nichte und Onkel stattdessen mit einem Betäubungsgift im Blut in der Nordsee ertrinken sollten, hatten sie sich gewiss nicht vorstellen können.

»Woher hatten Sie die K.-o.-Tropfen?«

Mit dieser Frage schaltete Enno sich in das Zwiegespräch der beiden Frauen ein.

»Herr Lemper hat mir das Fläschchen gegeben. Und er sagte mir auch, wie ich die Substanz dosieren sollte. – Ich schwöre, dass ich von einem Mordplan keine Ahnung hatte!«

Ob diese Behauptung glaubwürdig war, musste später ein Richter entscheiden. Mona fand es wichtiger, dass die Angestellte ihren Chef nicht in Schutz nahm, sondern ihn durch ihre Aussage belastete. Er würde ohnehin versuchen, seinen Kopf mithilfe eines hochkarätigen Juristen aus der Schlinge zu ziehen. Deshalb war es so wichtig, dass Mona der Verdächtigen die Information über die geheime Kunstsammlung entlockt hatte.

»Wie genau lautete denn Ihre Anweisung am gestrigen Abend?«, hakte der Oberkommissar nach. Sie antwortete: »Ich sollte den präparierten Champagner servieren, sobald die beiden Besucher erschienen waren. Dabei musste ich natürlich darauf achten, dass Herr Lemper ein Glas ohne ›Zusatz‹ bekam. Aber er hat mir auch in dieser Hinsicht vertraut.«

»Sagte er Ihnen, was später mit meinem Kollegen und mir geschehen sollte?«, bohrte Mona nach. Sie war sich darüber im Klaren, dass sie eine ähnliche Frage schon gestellt hatte. Die Kommissarin wollte erfahren, ob Lemper eine eindeutige Mordabsicht geäußert hatte. Aber Lydia Grun schwieg nun. Diese Frau war nicht dumm – vielleicht hatte sie einfach die Augen vor der Wirklichkeit verschlossen.

»Wir lassen Sie jetzt frei, denn Sie sind nicht vorbestraft und haben einen festen Wohnsitz«, erklärte Enno. Lydia Grun wirkte überrascht, aber auch verwirrt. Ihr Chef saß nach wie vor in seiner Arrestzelle. Ob sie wusste, was sie ohne ihn tun sollte? Dieses Problem konnten die Ermittler nicht lösen. Mona tippte die Aussage der Haushälterin in den Computer und ließ sie das Protokoll unterschreiben.

»Ich rufe die zuständigen Kollegen in der Eifel an«, erklärte Enno und griff zum Telefonhörer, »ich könnte mir vorstellen, dass sie in dieser privaten Kunstsammlung so manches Objekt finden, das in Kirchen und Museen schmerzlich vermisst wird.«

Nachdem er dies erledigt hatte, fragte Mona: »Sind wir uns einig darüber, dass Lemper mit Fassbinders Tod nichts zu tun hat?«

»Davon gehe ich aus«, antwortete Enno und fuhr fort: »Offenbar hielt der Herr Privatier uns tatsächlich für Wilfried und Svenja Fassbinder. Er hat uns betäuben wollen, um die Sakralkunst zum Nulltarif zu erhalten. Wäre bei ihm der Verdacht aufgekommen, dass wir nicht die Richtigen sind, hätte er sein Vorhaben wahrscheinlich abgeblasen. Ich kenne Lemper nicht, aber ich halte ihn nicht für einen blindwütigen Killer. Er wollte uns nicht vor Wut oder aus Hass töten, sondern weil wir von seinem illegalen Erwerb des Kirchenschatzes wussten. Nach seiner grausamen Logik handelte es sich also um einen notwendigen Schritt.«

»Wir sollten diesen Kerl bei unserer aktuellen Ermittlung ausklammern«, schlug die Kommissarin vor. »Was die Attacke auf uns angeht, so haben wir die Aussage der Haushälterin – oder was immer sie in Wirklichkeit für Lemper sein mag. Und Dr. Siemers wird Blutproben von uns an das kriminaltechnische Labor Oldenburg schicken – es lässt sich nun beweisen, dass wir eine reichliche Portion GHB intus hatten. – Wir wissen also jetzt, für wen die Sakralkunst letztlich bestimmt war. Vielleicht knickt Svenja Fassbinder ja ein, wenn sie erfährt, dass ihr Abnehmer festgenommen wurde.«

Enno schaute auf die Uhr: »Einen Versuch ist es wert. – Wir haben ja noch Zeit, bevor der vermeintliche Mönch hier erscheint. Allerdings geht der Tee allmählich zur Neige. Ich setze eine neue Kanne auf.«

Bevor er dies tun konnte, stürmte Grietje in den Verhörraum: »Hier versteckt ihr euch also. – Der Chef will euch sprechen.«

Nachdem die Kommissare Oltbecks Büro betreten hatten, kam er sofort zur Sache: »Ich hatte gerade einen unangenehmen Anruf von Dr. Schmidtbauer. Das ist der Rechtsanwalt, der Jonas Lempers Interessen vertritt. Er fordert die sofortige Freilassung seines Mandanten.«

»Und das nach einem zweifachen versuchten Polizistenmord?«, fragte Mona und ergänzte: »Richten Sie dem Herrn aus, dass wir ein komplettes Geständnis von Lempers Handlangerin haben – und wahrscheinlich werden Kollegen in der Eifel schon bald seine Raubkunstgalerie auf den Kopf stellen.«

Enno fasste kurz zusammen, was bei der Befragung von Lydia Grun herausgekommen war. Dadurch verbesserte sich die Laune des Vorgesetzten deutlich: »So, die Angestellte hat also ihren Chef belastet? Das ist erfreulich – denn sowohl Lemper als auch sein anderer Mitarbeiter Karsten Steen machen von ihrem Recht auf Aussageverweigerung Gebrauch. – Ist die Mörderin von Wilfried Fassbinder eigentlich inzwischen geständig?«

»So weit sind wir noch nicht, wir werden Svenja Fassbinder umgehend befragen«, versicherte Mona. Sie bezweifelte nach wie vor, dass die Verdächtige ihren Onkel auf dem Gewissen hatte – aber am Diebstahl des Kirchenschatzes war sie wahrscheinlich beteiligt gewesen. Und dieses Verbrechen war vermutlich der Grund dafür, dass Fassbinder sterben musste.

»Ich werde den Rechtsanwalt über unsere Ermittlungen informieren, wahrscheinlich wird er sowieso Akteneinsicht beantragen«, sagte Oltbeck und riss die Kommissarin dadurch aus ihren Überlegungen. Er fuhr fort: »Ich kümmere mich um Lemper und Steen, konzentrieren Sie sich ganz auf Svenja Fassbinder.«

Enno nickte und sagte: »Das werden wir tun. Außerdem gibt es noch eine Person, die sich als Mönch ausgibt und ein großes Interesse an unserem Kriminalfall zeigt.«

Er berichtete, was die Kommissare inzwischen über Bruder Ludger in Erfahrung gebracht hatten. Der Chef kam aus dem Kopfschütteln nicht heraus: »Eine Novizin und gleich zwei Klosterbrüder, von denen mindestens einer ein falsches Spiel treibt? Ich hoffe, dass Sie dieses Rätsel bald lösen können.«

Kapitel 10

Die Kommissare verließen Oltbecks Büro und kehrten in den Verhörraum zurück. Wenig später wurde Svenja Fassbinder von Polizeimeisterin Britt Mölders zu ihnen gebracht.

»Ich verstehe wirklich nicht, warum ich in der vorigen Nacht verhaftet worden bin!«, beschwerte die Verdächtige sich, während sie eintrat.

»Ja, obwohl Sie die Beute gar nicht bei sich trugen«, sagte Mona, »falls Sie das Diebesgut dabeigehabt hätten, wären wir von unseren Kollegen darüber informiert worden.«

Svenja Fassbinder lachte, was sich sehr gekünstelt anhörte: »Beute? Diebesgut? Ich habe keine Ahnung, wovon Sie sprechen.«

»Erzählen Sie uns doch einfach, was Sie gestern am Yachthafen wollten«, schlug Enno freundlich vor.

»Ich hatte nichts Bestimmtes geplant, sondern bin dort nur spazieren gegangen, als ich plötzlich festgenommen wurde«, behauptete die Verdächtige. Wollte sie weiterhin bei ihrem Lügengebilde bleiben, obwohl dieses schon mehr als löchrig war? Mona platzte der Kragen, sie schlug mit der flachen Hand auf die Tischplatte: »Und dafür war es notwendig, dass Sie sich beim Stegwart nach dem Eintreffen der *Maria Feronia* erkundigt haben? Es gibt übrigens eine schlechte Nachricht für Sie: Lemper und seine Handlanger wurden ebenfalls verhaftet, Ihre Transaktion mit dem Kirchenschatz können Sie sich also abschminken!«

Diese Neuigkeit schockierte Svenja Fassbinder. Sie riss den Mund auf und klammerte sich mit beiden Händen an der Tischkante fest, als ob sie eine Sturmbö erwarten würde. Da sie momentan nichts sagte, redete Mona weiter: »Sie können Ihre Lage nur noch verbessern, indem Sie jetzt die Wahrheit sagen – das sollten Sie doch im Akazienkonvent gelernt haben!«

Die Kommissarin zeigte Svenja Fassbinder das Zeitungsfoto, auf dem sie gemeinsam mit anderen Nonnen in der Suppenküche zu sehen war. Die Brust der Verdächtigen hob und senkte sich, sie rang nach Luft.

»Sie haben mein Geheimnis also gelüftet«, murmelte sie mit leiser Stimme.

»Wir kennen noch nicht alle Zusammenhänge«, gab der Oberkommissar zu, »aber Sie stehen nach wie vor unter Mordverdacht. Falls

Sie also Ihren Onkel nicht getötet haben, dann sollten Sie uns dabei helfen, den Mörder zu finden. Aber dafür müssen wir erfahren, was wirklich geschehen ist.«

Svenja Fassbinder nickte, sie schaute an den Kommissaren vorbei auf die kahle Wand. Ob sie nach den richtigen Worten suchte? Als Mona schon ungeduldig wurde, begann die Verdächtige zu sprechen: »Mein Onkel hat ein wildes Leben geführt, bevor er zum Klosterbruder wurde. Ich fand ihn schon als Kind aufregend und habe ihn insgeheim bewundert. Damals hatten wir mehr Kontakt zueinander, aber plötzlich verschwand er – als ob es ihn nie gegeben hätte. Meine Eltern schienen ganz froh darüber zu sein, dass Onkel Wilfried fort war. Vermutlich haben sie befürchtet, dass er einen schlechten Einfluss auf mich hätte. Heute weiß ich, dass er wegen einer üblen Sache untertauchen musste. Eines Tages – Jahre später – erschien er plötzlich wieder auf der Bildfläche, als ob nichts geschehen wäre. Aber nun trug er eine Kutte und nannte sich Bruder Ottmar.«

»Wie kam es dazu, dass Sie Novizin wurden?«, wollte Mona wissen. Ihr war noch nicht klar, ob Svenja Fassbinder jetzt bei der Wahrheit blieb oder nicht.

»Wahrscheinlich war dafür indirekt auch mein Onkel verantwortlich«, lautete die Antwort, »denn ich fand ihn beeindruckender als je zuvor. Er wirkte so selbstsicher und in sich ruhend, verstehen Sie? Nach dem Abitur wusste ich nicht, was ich mit mir anfangen sollte. Ich jobbte ein wenig, reiste herum oder tat überhaupt nichts. Natürlich hätten meine Eltern mir ein Studium ermöglicht, aber welches Fach sollte ich wählen? Ehrlich gesagt hatte ich keinen Plan. Vielleicht wollte ich meinen Onkel auch einfach nur beeindrucken oder meine Eltern schockieren, indem ich ins Akazienkonvent eintrat. Leider musste ich feststellen, dass meine Entscheidung Mama und Papa ziemlich egal zu sein schien. Sie hielten sich ja kaum in Deutschland auf, sein Beruf führt meinen Vater in die ganze Welt.«

»Wenn es stimmt, was Sie sagen – wie kamen zwei gläubige Menschen dazu, den Kirchenschatz – oder einen Teil davon – zu stehlen?«, fragte Enno. Seine Stimme klang angenehm wie immer, weder höhnisch noch verletzend. Darum fiel es der Verdächtigen vermutlich leicht, ihm prompt zu antworten: »Ich bin wahrscheinlich für das Klosterleben nicht gemacht. Zunächst bildete ich mir noch ein, mich an die strengen Regeln und das karge Leben gewöhnen zu können. Und es ist ja auch ein schönes Gefühl, beispielsweise armen Menschen mit einer warmen Mahlzeit helfen zu können. So etwas ist tätige Nächstenliebe, nicht wahr? Aber letztlich musste ich mir eingestehen, dass ich einen Fehler gemacht hatte. Trotzdem traute ich mich nicht, einfach dem Akazienkonvent den Rücken zu kehren. Ich wäre mir wie eine Versagerin vorgekommen. Das änderte sich erst, als ich mich wieder einmal mit Onkel Wilfried traf. Ich sah ihm sofort an, dass etwas Schlimmes passiert sein musste.«

»Hat er sich Ihnen anvertraut?«

»Zunächst nicht, Herr Moll. Aber ich kann beharrlich sein, wenn es notwendig ist. Nachdem ich ihn bedrängt hatte, ließ er die Katze aus dem Sack: Mein Onkel war ›von der Vergangenheit eingeholt worden‹, so drückte er sich aus. Er befürchtete, irgendwann von Männern aus seinem früheren Leben aufgespürt und getötet zu werden. Natürlich schlug ich ihm vor, zur Polizei zu gehen. Aber er winkte nur ab – ›vor diesen Typen kann mich niemand schützen‹, sagte er zu mir. Da kam mir eine andere Idee: Wenn wir viel Geld hätten, könnten wir uns gemeinsam ans andere Ende der Welt absetzen. Onkel Wilfried wäre vor seinen Verfolgern sicher, und ich hätte dem Kloster endgültig Adieu sagen können.«

»Aber warum mussten Sie für dieses Vorhaben ein Verbrechen begehen?«, gab Mona zu bedenken. »Ihr Vater scheint sehr erfolgreich zu sein, hätten Sie die nötige Summe nicht von ihm bekommen können?«

Svenja Fassbinders Miene verdüsterte sich, als die Kommissarin den Unternehmensberater erwähnte: »Nein, das wollten wir auf keinen Fall! Dann wären wir abhängig von ihm gewesen, hätten uns seine schlauen Ratschläge anhören müssen – diese Lösung kam nicht infrage. – Wahrscheinlich ist das Akazienkonvent gut versichert, also ist gar kein echter Schaden entstanden.«

»Reden Sie sich das ruhig ein!«, grollte Mona und fügte hinzu: »Sie wissen besser als wir, dass es sich um unersetzbare Einzelstücke handelt, deren Wert unmöglich zu beziffern ist. – Apropos: Wo befindet sich der Kirchenschatz überhaupt momentan? Aus dem Versteck unter dem Loopdeelenweg haben Sie die Beute doch schon herausgeholt, oder?«

Svenja Fassbinder zuckte zusammen, als ob sie eine Ohrfeige bekommen hätte. Die Kommissarin war insgeheim stolz darauf, dass sie und ihr Kollege die richtigen Schlussfolgerungen gezogen hatten. Der Kirchenschatz befand sich also irgendwo auf Borkum, an einer anderen Stelle verborgen.

»Ja, es erschien mir dort nicht mehr sicher, nachdem mein Onkel … nachdem er getötet wurde«, murmelte die Verdächtige.

»Mich interessiert, was Sie und Ihr Onkel nachts bei der Kiekhütte gemacht haben«, sagte Mona.

»Er wollte jemanden treffen, der noch Kontakt zu seinen früheren Kumpanen hatte«, behauptete Svenja Fassbinder, »mir schien das unnötig riskant, aber ich habe eigentlich keine Ahnung von diesen Dingen. Bevor wir die Sakralkunst mitgehen ließen, bin ich nie mit dem Gesetz in Konflikt geraten. Mein Onkel wollte erfahren, ob die Leute ihm schon dicht auf den Fersen wären.«

»Könnte dieser Holzvogel etwas mit Wilfried Fassbinders Verfolgern zu tun haben?«

»Ich weiß es nicht, Herr Moll. Wenn ich eine Ahnung davon hätte, würde ich es Ihnen mitteilen. Ich will die Mörder nicht schützen. – Vielleicht bin ich ja als Nächste dran.«

»Wissen die Täter, dass sich unschätzbare Kunstwerke in Ihren Händen befinden?«

Die Verdächtige beantwortete Monas Frage mit einem Kopfschütteln: »Von mir haben sie es nicht erfahren, mehr kann ich dazu nicht sagen.«

»Wussten Sie eigentlich, dass Ihr Onkel eine Zwille besaß?«

»Ja, Frau Sander. Während seiner dunklen Vergangenheit soll er mit einer solchen Steinschleuder ein Meisterschütze gewesen sein. Onkel Wilfried hatte sich kürzlich wieder so eine Waffe beschafft, um im Notfall nicht wehrlos zu sein.«

Diese Einstellung passte nicht zu der gelassenen Friedfertigkeit, die man von einem christlichen Mönch erwartete. Aber von dieser Haltung hatte Fassbinder sich wahrscheinlich schon in dem Moment verabschiedet, als er zusammen mit seiner Nichte den Diebstahl beging.

»Hatte er die Waffe bei sich, als er zu dem Treffen bei der Kiekhütte ging?«, wollte die Kommissarin wissen.

»Das weiß ich nicht. Er war vorsichtig und wollte sich nicht überrumpeln lassen.«

Und doch scheint genau das geschehen zu sein, dachte Mona. Sie fragte: »Warum sind Sie dorthin gegangen?«

»Weil ich mir Sorgen um meinen Onkel gemacht habe! Ich musste mir Gewissheit verschaffen, was mit ihm geschehen war. Als ich ihn dort tot liegen sah, geriet ich in Panik. Ich rannte weg – und um mich selbst zu beruhigen, stimmte ich ein Kirchenlied an, das ich im Kloster gelernt habe: *Salve regina, mater misericordiae – vita dulcedo et spes nostra salve!*«

Den letzten Satz hatte sie gesungen.

»Sie haben wirklich eine schöne Gesangsstimme, vielleicht sollten Sie es doch mit einer Musikkarriere versuchen«, meinte Enno, bevor er wieder auf das Thema der Befragung zurückkam: »Können Sie uns den Namen des Kontaktmanns nennen, den Ihr Onkel treffen wollte?«

»Leider nicht, Herr Moll. Onkel Wilfried sagte immer, dass es besser wäre, wenn ich so wenig wie möglich über seine Vergangenheit erfahren würde. Allerdings glaube ich, dass er sich auch seiner früheren Taten geschämt hat. Vielleicht war das ja der eigentliche Grund, aus dem er ins Kloster ging – um Buße zu tun.«

»Und was ist mit Ihnen?«, warf Mona ein und erklärte: »Wir wissen nämlich von mindestens einem Mann, der sich speziell nach Ihnen erkundigt hat – und zwar in Ihrer Frühstückspension.«

Svenja Fassbinder erschrak sichtlich. Trotzdem behauptete sie: »Ich weiß nicht, wer das sein soll.«

Sie blieb auch bei dieser Aussage, nachdem Mona den Verfolger genauer beschrieben hatte. Die Kommissarin war misstrauisch: »Ihre Angaben sind etwas zu dürftig, um auf mich überzeugend zu wirken. Dieser geheimnisvolle Fremde, den Ihr Onkel treffen wollte, die nebulöse Bedrohung aus ferner Vergangenheit – wissen Sie, was ich denke? Sie haben Wilfried Fassbinder selbst getötet, weil Sie die Sakralkunst nicht teilen wollten. Lemper hat Ihnen wahrscheinlich eine hohe Summe versprochen. Damit hätten Sie allein ein Leben unter südlichen Palmen beginnen können, dabei wäre ihr alter Onkel Ihnen nur im Weg gewesen.«

Mona hatte absichtlich so harte Worte gewählt, um die Verdächtige aus der Reserve zu locken. Und das gelang ihr auch – wenn auch anders, als sie es sich vorgestellt hatte.

»Wie können Sie so gemein sein?!«, warf Svenja Fassbinder der Ermittlerin an den Kopf, während sich ihre Augen mit Tränen füllten. Sie fügte hinzu: »Haben Sie immer noch nicht kapiert, warum das Band zwischen uns so stark war? Mein Onkel ist – war – in Wirklichkeit mein Vater!«

Kapitel 11

Diese Behauptung kam für die Kriminalbeamten tatsächlich überraschend. Andererseits konnte sie sich durch einen DNA-Vergleich und/oder einen Vaterschaftstest leicht nachweisen oder widerlegen lassen. Nachdem die Ermittler sich von der ersten Überraschung erholt hatten, wollte Enno wissen: »Ist dies auch Ihren ›offiziellen‹ Eltern bekannt?«

»Jedenfalls habe ich nie mit ihnen darüber geredet«, erwiderte die Verdächtige. »Onkel Wilfried hat es mir eines Tages gebeichtet. Einen Beweis habe ich von ihm nie verlangt. Ich spürte, dass er die Wahrheit sagte.«

»Hat Ihr Onkel jemals einen Mönch erwähnt, der sich Bruder Ludger nennt?«, fragte Enno. Svenja Fassbinder schien einen Moment lang nachzudenken, dann antwortete sie: »Das ist schon denkbar. Im Lauf der Zeit erzählte er mir immer wieder kleine Episoden aus dem Ulmenkloster. Es waren harmlose Geschichten über Alltägliches. Dabei sind auch ein paar Namen gefallen. Es ist durchaus möglich, dass auch von Bruder Ludger die Rede war. Aber eng befreundet kann er mit diesem Mann nicht gewesen sein, das hätte ich mir gemerkt.«

Mona führte sich vor Augen, dass Fassbinder laut dem falschen Mönch ein Einzelgänger gewesen sei. Aber – konnte man dem selbst ernannten Privatermittler überhaupt glauben? Momentan sprach alles dafür, dass dieser Mann noch niemals ein Kloster von innen gesehen hatte – jedenfalls nicht, um dort sein Leben zu verbringen. Die Kommissarin sagte: »Die Luft hier im Verhörraum ist allmählich etwas abgestanden, finden Sie nicht? Wir sollten einen kleinen Ausflug unternehmen – und zwar dorthin, wo die Diebesbeute versteckt ist!«

Svenja Fassbinders Gesichtsausdruck zeigte deutlich, wie wenig sie von diesem Vorschlag hielt. Mona legte nach: »Hatten Sie ernsthaft geglaubt, wir würden die Sakralkunst nicht beschlagnahmen? Der Kirchenschatz muss nach Abschluss der Ermittlungen dem Akazienkloster zurückgegeben werden, das ist Ihnen doch wohl klar?«

»Ja, eigentlich schon«, gab die Verdächtige zerknirscht zu. »Aber wenn ich Ihnen die Kunstwerke übergebe, ist mein Traum von einem neuen Leben am anderen Ende der Welt endgültig geplatzt.«

Dies ist schon durch deine Verhaftung geschehen, sagte die Kommissarin in Gedanken zu der Verdächtigen. Mona hielt Svenja Fassbinder für eine Frau, die mit der Wirklichkeit auf Kriegsfuß stand. Die klaren Regeln des Klosterlebens hatten bei ihr offenbar einen Realitätsschock ausgelöst – was natürlich keine Rechtfertigung für den Diebstahl sein konnte. Die Kommissarin betrachtete die schmalen Handgelenke der Verdächtigen. Es erschien immer unwahrscheinlicher, dass sie ihren Onkel – beziehungsweise ihren Vater – stranguliert haben konnte. Außerdem hatte Svenja ihren älteren Verwandten offenbar wirklich geliebt, das war zumindest Monas Eindruck. Sie erhob sich von ihrem Stuhl: »Kommen Sie, Frau Fassbinder – ein Spaziergang wird Ihnen guttun.«

Da die Verdächtige sich nicht aggressiv verhielt, wurden ihr keine Handschellen angelegt. Die Kommissare verließen zusammen mit Svenja Fassbinder die Polizeistation vorn durchs Wachlokal. Grietje kümmerte sich gerade um eine Urlauberin, die ihre Handtasche verloren hatte. Daher blieb ihnen ein launiger Spruch der frechen Polizeimeisterin erspart. Als sie draußen auf der Strandstraße waren, blieb die Verdächtige zögernd stehen. Ihre Blicke schweiften nach links und rechts.

»Falls Sie abhauen wollen – denken Sie daran, dass ich schneller bin als Sie«, erinnerte Mona.

»Nein, das habe ich gar nicht vor. Ich musste mich nur kurz orientieren, schließlich kenne ich mich auf Borkum nicht gut aus. – Wo geht es denn zum Friedhof?«

»Es gibt mehrere letzte Ruhestätten«, erklärte Enno, »der eine Friedhof wurde von der lutherischen Gemeinde angelegt, der andere von der reformierten. Dann gibt es noch den historischen Walfängerfriedhof beim Alten Leuchtturm sowie ...«

»Der muss es sein!«, fiel Svenja Fassbinder ihm ins Wort. »Da sind auch Schautafeln, auf denen etwas über das Leben der Walfänger steht, nicht wahr?«

Die Kriminalisten nickten gleichzeitig, wie auf Kommando. In vergangenen Jahrhunderten waren viele Borkumer im Nordmeer auf Walfang gegangen – damals eine einträgliche Geldquelle, die der Insel Wohlstand beschert hatte. Die Kehrseite der Medaille bestand im nassen Tod zahlreicher Seeleute. Natürlich wussten Mona und Enno, wo sich die letzte Ruhestätte befand. Sie gingen durch die Wilhelm-Bakker-Straße auf die Kirchstraße zu. Hier waren sie im älteren Teil der Stadt Borkum, die Straße wurde von den typischen Rotziegelhäusern gesäumt. Und Mona fiel noch etwas anderes auf. Sie und ihr Kollege hatten die Verdächtige in die Mitte genommen. Die Kommissarin wechselte zu Enno hinüber, sodass sie ihn leise ansprechen konnte.

»Hast du es auch bemerkt?«

»Ja, wir werden verfolgt, seit wir die Dienststelle verlassen haben«, gab der Oberkommissar mit ebenso gedämpfter Lautstärke zurück.

»Ich werde ihn mir schnappen«, verkündete Mona, bevor Enno etwas einwenden konnte.

»Tschüss, wir sehen uns dann später!«, rief sie laut und bog bei der *Nordsee Apotheke* in die Neue Straße ab. Dort trat sie im Hof einer Pension hinter einen Müllcontainer. Von dieser Beobachtungsposition aus würde sie den Verfolger sehen können. Er musste sich entscheiden, ob er die Kommissarin oder Enno und Svenja Fassbinder nachsteigen wollte. Es vergingen einige Momente voller Spannung, bis ein Mann in Cargohose und hellgrauem Kapuzenpullover auf der Bildfläche erschien. Er steuerte nicht die Neue Straße an, sondern folgte dem Oberkommissar und der Verdächtigen Richtung Alter Leuchtturm. Die Kriminalistin verließ ihre Deckung und hängte sich nun ihrerseits an den Verfolger. Er entsprach exakt der Beschreibung, die der Pensionswirt geliefert hatte. Der Unbekannte musste mitbekommen haben, dass die Kollegen Svenja Fassbinder am Vorabend festgenommen hatten. Daraufhin war er wahrscheinlich in der Nähe der Wache in Stellung gegangen, um sie abzupassen. Dies konnte man sogar ziemlich unauffällig machen, denn die Polizeistation befand sich in unmittelbarer Nähe des Inselbahnhofs. Dort gab es nicht nur Gastronomie und einige Hotels und Geschäfte, sondern auch mehrere Ruhebänke, die von Bäumen beschattet wurden. Von dort aus ließ sich der Eingang des Gebäudes problemlos im Auge behalten, ohne dabei selbst aufzufallen. Diese Überlegungen gingen der Kommissarin durch den Kopf, während sie sich an die Fersen des Verdächtigen heftete. Er hielt einen gewissen Abstand zu Enno und Svenja Fassbinder ein. Ob er sich für die junge Frau oder für die Beute interessierte? Vielleicht war beides der Fall. Mona wollte abwarten, wie er sich verhielt. Noch gab es keinen Grund, aus dem man ihn hätte belangen können. Wenn sie jetzt eine Personenüberprüfung vornahm, würde er gewarnt sein. Und falls er sich dann von der Insel absetzte, gab es nichts, was man dagegen unternehmen konnte. Ob Svenja Fassbinder wirklich nicht wusste, um wen es sich bei diesem Mann handelte? Eine Radfahrerin kam der Kommissarin entgegen. Es war Diana Zink, eine Freundin von Grietje. Mona hatte sie auf der Geburtstagsparty ihrer jungen Kollegin kennengelernt. Als Diana Mona erkannte, begann sie zu strahlen. Außerdem betätigte sie ihre Fahrradklingel und rief: »Hey, da ist ja die glückliche zukünftige Braut! Ich hoffe, dass ich zum Polterabend eingeladen werde!«

Dianas Stimme konnte es von der Lautstärke her durchaus mit den Nebelhörnern im Borkumer Hafen aufnehmen. Natürlich kapierte der Unbekannte, dass Diana eine hinter ihm gehende Person ansprach. Er drehte sich um – und erkannte prompt Mona wieder, die er zuvor selbst verfolgt hatte. *Der sieht ja wirklich ganz passabel aus,* dachte die Kommissarin. Sie erinnerte sich daran, dass Menke den Fremden als »Schönling« bezeichnet hatte. Der Mann reagierte schnell – er ging auf die ihm entgegenkommende Diana los, stieß sie vom Rad und schwang sich selbst in den Sattel. Obwohl Mona ebenfalls fix war, konnte sie seinen Überraschungsangriff nicht verhindern.

»Polizei! Halten Sie sofort an!«, rief sie gellend. Er beachtete die Anweisung nicht, sondern bog scharf rechts in den Schulgang ab. Diana hatte vor Schreck aufgeschrien, als sie zu Boden gegangen war. Aber jetzt rappelte sie sich schon wieder auf.

»Bist du verletzt?«, fragte die Kommissarin, als sie Diana erreicht hatte. Die junge Frau schüttelte den Kopf: »Kaum, ich hab mir bloß das Knie etwas aufgeschürft … ist dieser Flegel ein gefährlicher Gangster, Mona?«

Das wird sich zeigen, dachte die Kriminalistin. Sie blieb Diana die Antwort schuldig, sondern sprintete lieber hinter dem Flüchtenden her. Sein Vorsprung war noch nicht allzu groß. Der Unbekannte war auf Höhe des Spielplatzes angelangt, als sich plötzlich das Vorderrad quer stellte. Woran dies lag, konnte Mona nicht sehen. Auf jeden Fall stürzte er mitsamt dem Drahtesel zu Boden. Die Kommissarin rannte auf ihn zu, glaubte bereits, ihn erwischt zu haben – aber der Mann erwies sich als zäh. Er stand auf, packte das Rad am Gepäckträger und am Lenker – dann schleuderte er es auf die Kriminalistin. Obwohl sie eigentlich reaktionsschnell war, konnte sie in diesem Moment nicht mehr ausweichen. Sie verlor das Gleichgewicht und verhedderte sich mit dem Rad. Bevor sie sich von dem Hindernis befreien konnte, war er aus ihrem Blickfeld verschwunden. Sie lief zum Rektor-Meyer-Pfad, der links Richtung Gartenstraße und rechts zur Evangelisch-reformierten Kirche führte. Von dort aus gab es noch weitere Fluchtwege, entweder zur Kirchenallee oder über das Gelände des Gotteshauses hinweg. Nach einigen Minuten musste Mona sich eingestehen, dass er sie abgeschüttelt hatte. Sie zog ihr Funkgerät hervor und gab eine Fahndungsmeldung heraus. Aber ob dies etwas bringen würde, stand in den Sternen. Sie kehrte um, nahm das Rad und schob es zu Diana zurück. Die junge Frau stand immer noch dort, wo sie attackiert worden war. Inzwischen hatten sich einige Passanten zu ihr gesellt, denen sie aufgeregt von ihrem Erlebnis berichtete. Diana zeigte auf Mona: »Sie ist eine Polizistin – und sie hat dem Ganoven mein Fahrrad wieder entrissen! – Konntest du ihn festnehmen?«

»Daran arbeiten wir noch«, gab die Kommissarin zerknirscht zurück. »Rufst du bitte bei der Polizeiwache an, falls du den Täter noch einmal siehst? Dies gilt natürlich auch für die anderen Herrschaften.«

Mona fügte noch eine kurze Personenbeschreibung hinzu und setzte dann ihren Weg zum Alten Leuchtturm fort. Sie wurde bereits von Enno und Svenja Fassbinder erwartet. Die beiden standen zwischen den jahrhundertealten Grabsteinen. Daneben befanden sich Schautafeln, auf denen über das gefahrvolle Leben der Walfänger informiert wurde. Die Kriminalistin mochte diesen antiken Kirchhof, die friedliche Atmosphäre färbte normalerweise auf sie ab. Aber in diesem Moment war sie einfach nur sauer, weil der Angreifer ihr entkommen war.

»Ist bei dir alles in Ordnung?«, fragte der Oberkommissar besorgt, denn nach ihrem Sturz sah sie etwas derangiert und schmuddelig aus. »Mir schien es, als ob ich deine Stimme gehört hätte – aber ich wollte Frau Fassbinder nicht alleinlassen.«

»Mir geht es gut – abgesehen davon, dass mir der Verdächtige durch die Lappen gegangen ist«, erwiderte Mona zerknirscht. Sie fragte: »Und was ist mit dem Kirchenschatz?«

»Es ist anscheinend alles noch da«, sagte der Ostfriese und zeigte auf eine stabile bauchige Kunststofftasche, die zu seinen Füßen stand. Er zog den Reißverschluss auf und präsentierte den Inhalt. Mona erblickte Heiligenstatuen aus Edelmetall, Darstellungen des

Gekreuzigten und andere einzigartige Devotionalien. Obwohl die einzelnen Objekte sorgfältig in Knallfolie verpackt worden waren, konnte sie deren enormen Wert erahnen – obwohl Mona nichts von sakraler Kunst verstand.

»Diese Tasche und ihr Inhalt sind in unserer Asservatenkammer gut aufgehoben, bis sie dem Akazienkonvent zurückgegeben werden können«, stellte der Oberkommissar klar, während er den Reißverschluss wieder zuzog. Svenja Fassbinder presste die Lippen aufeinander. Vielleicht verabschiedete sie sich erst in diesem Moment endgültig von ihren Zukunftsplänen, die auf einem Verbrechen basierten.

»Es gibt da hinten eine Grasnarbe, die etwas erhöht ist«, sagte Enno zu Mona und zeigte in östliche Richtung, »dort hatte Frau Fassbinder ein wenig Erdreich entfernt und die Tasche in die Mulde gedrückt. Danach schob sie die Grasnarbe wieder darüber. Wenn man nicht so genau hinschaut, hätte man das Versteck nicht gefunden.«

»Wer wusste eigentlich, dass Sie den Kirchenschatz in Ihren Besitz gebracht hatten?«, wollte die Kommissarin von der Verdächtigen erfahren. »Lemper wollte doch gewiss einen Beweis sehen, als Sie ihm die Beute zum Kauf angeboten haben.«

»Dieser Kontakt kam durch meinen Onkel zustande. Er hat dem Interessenten auch Fotos der einzelnen Stücke geschickt«, antwortete Svenja Fassbinder. Sie hatte sich offenbar dafür entschieden, den Ermordeten weiterhin Onkel zu nennen – obwohl sie behauptete, dass er ihr Vater sei. Mona wurde von Grietje angefunkt: »Wo treibt ihr euch herum? Hier auf der Wache ist wieder der Mönch erschienen, er sagt, dass er mit euch verabredet sei.«

»Wir kommen in ein paar Minuten, du kannst ihm solange einen Tee anbieten«, erwiderte die Kommissarin und steckte das Funkgerät wieder ein. Enno trug die schwere Tasche. Die drei legten die Wegstrecke zur Polizeistation schweigend zurück. Ob Wilfried Fassbinder noch weitere Personen über den Kirchenraub informiert hatte? Aber warum hätte er das tun sollen? Falls er wirklich mit seiner Nichte – beziehungsweise Tochter – ein neues Leben anfangen wollte, benötigte er dafür falsche Identitäten. Aber Spezialisten, die solche Dokumente herstellten, waren an Bargeld interessiert, allenfalls noch an Kryptowährung. Also hätte Fassbinder warten müssen, bis er von Lemper bezahlt wurde. Dass der Privatier ihn in Wirklichkeit töten wollte, konnte er nicht wissen. Als sie die

Strandstraße erreicht hatten, bemerkten sie einen vor der Wache haltenden Rettungswagen. Natürlich fehlten auch die Schaulustigen nicht. Deshalb war aus der Entfernung nicht zu erkennen, warum das Fahrzeug dort stand. Mona und Enno wurden schneller, und auch Svenja Fassbinder beschleunigte ihre Schritte. Doch bevor sie ihr Ziel erreicht hatten, fuhr der RTW mit heulenden Sirenen bereits Richtung Gartenstraße los. Dort befand sich das Inselkrankenhaus. Die Gaffer zerstreuten sich im Handumdrehen, ohne dass sie dazu aufgefordert werden mussten.

»Was ist passiert?«, fragte die Kommissarin, als sie das Wachlokal betrat.

»Der Chef hat Lemper verklickert, dass unsere Kollegen in der Eifel soeben seine ›Kunstsammlung‹ beschlagnahmen«, antwortete Grietje, »daraufhin hat der Verdächtige einen Schwächeanfall erlitten.«

Ein gequältes Stöhnen erklang. Es kam aus der Kehle von Bruder Ludger, den Mona erst jetzt bemerkte. Er saß auf der Holzbank im Wartebereich des Wachlokals und hielt eine Teetasse in den Händen. Seine Finger zitterten, als er sie abstellen wollte. Sie entglitt ihm und zerbrach auf dem Boden in tausend Stücke.

Kapitel 12

»Ach, wie ungeschickt von mir!«

Mit diesen Worten bückte sich der Mönch, um die kaputte Tasse aufzuheben. Dabei rutschte der linke Ärmel seiner Kutte ein wenig hoch. Mona war wie elektrisiert. Sie sagte: »Lassen Sie nur, unsere junge Kollegin macht hier gern Klarschiff.«

»Sicher, sonst wird mir noch langweilig«, maulte Grietje, »und ich bin eine ganz hervorragende Putzfrau!«

Die Kommissarin lachte und forderte Bruder Ludger mit einer einladenden Bewegung auf, ihr zu folgen. Allerdings steuerte sie diesmal nicht ihr Büro, sondern den Verhörraum an. Auf den Lippen des Klostermanns erschien ein unverbindliches Lächeln: »Ich verstehe nicht … warum bringen Sie mich hierher?«

Er schaute erst die Kriminalistin, dann ihren Kollegen an. Ob er darauf hoffte, dass sie nur scherzten? Aber als er ihre ernsten Mienen bemerkte, nahm er zögernd auf einem Stuhl Platz. Die beiden setzten sich ihm gegenüber hin. Mona faltete ihre Hände auf der Tischplatte, als ob sie beten wollte. Dann sagte sie: »Ich denke, das wissen Sie sehr gut. – Zunächst müssen wir Ihnen mitteilen, dass Sie ab sofort unter Mordverdacht stehen. Sie müssen sich nicht selbst belasten, können die Aussage verweigern und einen Rechtsanwalt hinzuziehen.«

Sie hielt Bruder Ludger nicht für den Täter – aber er wusste zweifellos mehr über Fassbinders Vergangenheit, als er bisher preisgegeben hatte. Und dann war da noch die Frage, warum er nach Borkum gekommen war und sich an die Polizei gewandt hatte. Die Kommissarin hoffte, ihn aus der Reserve locken zu können. Der vermeintliche Mönch schien aus allen Wolken zu fallen: »Aber wie kommen Sie denn nur auf solche schrecklichen Gedanken? Ich bin mir keiner Schuld bewusst, der Herr ist mein Zeuge!«

»*Welcher* Herr? Gewiss nicht Gott – vielleicht eher der Boss Ihrer Organisation?«

Während Mona diese Fragen stellte, beugte sie sich über den Tisch und schob blitzschnell den Ärmel der Kutte fast bis zur Schulter hoch. Die Tätowierung war nicht zu übersehen. Die Tintenkunst stellte eindeutig eine Elster dar. Auch Enno war erstaunt: »Das Vögelchen ist mir gerade nicht aufgefallen.«

»Du hattest ja auch deine Brille nicht auf der Nase«, erwiderte die Kommissarin, bevor sie sich wieder Bruder Ludger zuwandte: »Der Geistliche aus der Kirche *Maria Meeresstern* kennt Sie gar nicht. Und im Ulmenkloster wurde uns glaubhaft versichert, dass man dort keinen Privatermittler beauftragt hat. – Halten Sie es nicht für einen seltsamen Zufall, dass eine Elster sowohl als Tattoo auf Ihrem Arm als auch in Form einer geschnitzten Figur in der Hand des Mordopfers vorhanden war?«

Der falsche Mönch erwiderte nichts. Nun stellte auch Enno eine Frage: »Lempers Gesundheitsprobleme scheinen Sie geschockt zu haben – aus purem Mitgefühl? Oder weil sie gehofft hatten, sich die sakralen Schätze schnappen und ihm verkaufen zu können?«

Bruder Ludger hüllte sich immer noch in Schweigen, aber davon ließ sich die Kommissarin nicht beeindrucken: »Sie müssen natürlich nicht mit uns reden. Wir werden Sie erst einmal erkennungsdienstlich behandeln. Ihre Fingerabdrücke sind vielleicht auskunftsfreudiger als Sie.«

Diese Ankündigung löste seine Zunge: »Die Mühe können Sie sich sparen, es gibt eine Polizeiakte von mir – allerdings unter meinem richtigen Namen. Ich heiße Clemens Endebrock.«

Warum nicht gleich so?, dachte Mona. Sie fragte: »Woher kannten Sie Fassbinder? Oder haben Sie ihn getötet, ohne ihm zuvor jemals begegnet zu sein?«

»Wie kommen Sie darauf, dass ich ihn umgelegt hätte?«, lautete die Gegenfrage. Endebrock fuhr fort: »Ob Sie es glauben oder nicht: Ich mochte Wilfried. Und ich habe es hingenommen, dass er Mönch geworden ist und sich von uns abgewandt hat.«

»*Uns* – wer soll das sein?«, hakte Enno nach.

»Die Elstern.«

»Wie ein Vögelchen sehen Sie mir nicht gerade aus«, stellte Mona trocken fest, »da würde ich gern schon etwas Genaueres erfahren.«

Ob es wirklich ein freundschaftliches Band zwischen Endebrock und Fassbinder gegeben hatte? Die Kommissarin stellte diese Frage zunächst zurück. Der Redefluss des Verdächtigen schien schon wieder versiegt zu sein, aber so schnell ließ sie ihn nicht vom Haken: »Wenn Sie nicht in den Mord an Fassbinder verwickelt waren, müssen Sie die Karten auf den Tisch legen. Zunächst interessiert uns, wo Sie am 12. Oktober abends zwischen 18 und 20 Uhr gewesen sind.«

»Ist das die Zeit, während der Wilfried sterben musste? Da war ich gar nicht auf Borkum«, behauptete Endebrock.

»Kann diese Angabe jemand bestätigen?«

»Niemand, der mit der Polizei sprechen würde, Herr Moll.«

»Sie machen es uns nicht gerade leicht«, stellte Mona fest, »dann fangen wir doch mal anders an: Woher wussten Sie, dass Fassbinder und seine Nichte sich momentan hier auf der Insel befinden?«

Der Verdächtige antwortete nicht sofort. Es war ein seltsames Gefühl, diesen Mann in seiner Kutte hier im Verhörraum zu haben – obwohl es sich ja gar nicht um einen echten Klosterbruder handelte.

»Wir haben Zeit«, sagte die Kriminalistin.

»Wilfried selbst war es, der Kontakt mit mir aufnahm«, sagte Endebrock und fuhr fort: »Er wollte mir ein Abschiedsgeschenk machen, ein besonders wertvolles goldenes Kreuz. Ich wusste ja, dass er ins Kloster gegangen war. Deshalb hielt ich sein Angebot für einen schlechten Scherz. Ich fragte, wie er dies mit seinem Gewissen vereinbaren könnte – das Objekt wäre doch garantiert geklaut. Darauf meinte er, dass er ein neues Leben mit seiner Tochter anfangen wollte. Und ich wäre der Einzige bei den Elstern, für den er so etwas wie Freundschaft empfunden hätte. Dann erzählte er von dem Kirchenschatz aus dem Akazienkonvent, der sich jetzt in seinem Besitz befände.«

War diese Aussage glaubhaft? In Teilen auf jeden Fall. Woher hätte Endebrock wissen können, dass Svenja in Wirklichkeit Fassbinders Tochter war?

»Und was ist mit Lemper?«, wollte Mona wissen. »Ist der auch so ein guter Kumpel von Ihnen?«

»So würde ich ihn nicht bezeichnen«, lautete die Antwort. »Auf jeden Fall ist er ein Mann, der für Sakralkunst Spitzenpreise bezahlt. Darum bin ich auf der Wache etwas unruhig geworden, als ich die Info von der Razzia in seinem Landhaus aufschnappte. Diese Geldquelle für geklaute Devotionalien ist also versiegt, da kann unsereiner schon mal nervös werden.«

Mona führte sich vor Augen, dass diese Gruppe sich wahrscheinlich nicht ohne Grund nach dieser besonderen Vogelart benannt hatte. Standen Elstern nicht in dem Ruf, eine Vorliebe für glitzernde Gegenstände zu haben und diese in ihre Nester zu verschleppen? Die Überlegungen ihres Kollegen gingen offenbar in dieselbe Richtung.

»Sie wollten uns noch von den Elstern erzählen«, erinnerte Enno.

»Wenn Sie in meine Strafakte schauen, dann werden Sie einige Dinger finden, die ich mit den Elstern gedreht habe«, gab Endebrock freimütig zu. Er schien sogar stolz auf seine Verbrechen zu sein, als er fortfuhr: »Wir waren ein paar Jungs, die sich gegenseitig unterstützt haben.«

»Eine Bande also?«

»So würde ich das nicht nennen, Herr Moll. Eine Gang hat immer einen Anführer, oder? Und diese Typen schwören sich Treue bis in den Tod. So war es bei uns nicht. Ich würde eher von einem Freundeskreis sprechen. Darum bekam Wilfried ja auch keinen Ärger, als er sich von uns abwandte und seiner geistlichen Berufung folgte.«

Mona klatschte in die Hände und sagte: »Ich warte darauf, dass über Ihrem Kopf ein Heiligenschein auftaucht! Ernsthaft, wir reden hier nicht über einen Kaninchenzüchterverein, sondern über eine kriminelle Vereinigung. Und Sie können uns nicht weismachen, dass Fassbinders Ausstieg so problemlos erfolgt ist. Er soll große Angst davor gehabt haben, von seiner Vergangenheit eingeholt zu werden. Was sagen Sie dazu?«

Der Verdächtige zuckte mit den Schultern: »Es kann schon sein, dass er sich vor Männern fürchtete, mit denen er früher Probleme hatte. Aber wir Elstern waren es gewiss nicht.«

»Und warum lag dann ein Holzvogel, der eine Elster darstellen sollte, in seiner Hand?«

»Ich habe keinen blassen Schimmer, Frau Sander.«

In diesem Punkt biss die Kommissarin offenbar auf Granit. Sie zeigte Endebrock die Notizen des Toten: »Was haben diese Worte zu bedeuten?«

»Das weiß ich nicht. Ich trage zwar eine Kutte, deshalb kann ich aber noch lange kein Latein lesen«, gab der Ganove zurück. Er schien wirklich keine Ahnung zu haben, welche Bedeutung die Worte hatten. Aber einen Beweis dafür gab es nicht. Manche Verbrecher verstanden es meisterhaft, die Polizei hinters Licht zu führen. Und Endebrock war in seiner Rolle als Mönch zunächst ja durchaus überzeugend gewesen. Warum sollte er nicht auch die Bedeutung von Fassbinders Vermerken kennen?

»Sie behaupten also, wegen des angeblichen Geschenks nach Borkum gekommen zu sein«, erinnerte Enno. »Warum haben Sie

Ihren ›Freund‹ nicht einfach angerufen, als Sie auf der Insel eintrafen?«

»Das habe ich getan, Herr Moll. Aber sein Handy war ausgeschaltet. Und er hatte mir nicht verraten, wie seine Urlaubsadresse lautet. Also dachte ich mir, dass ich in meiner Verkleidung getrost die Polizei aufsuchen könnte, um ihn zu finden.«

War diese Behauptung glaubhaft? Mona gestand sich ein, dass sie ihn zunächst tatsächlich für einen echten Mönch gehalten hatte. Auf jeden Fall mussten die Kriminalisten die Einzelverbindungsnachweise von Fassbinders Handy überprüfen. Dann würde sich nämlich herausstellen, ob Endebrock in dieser Hinsicht gelogen hatte. Dieser Kriminelle präsentierte die Wahrheit offenbar nur scheibchenweise. Dennoch kamen die Ermittler den Hintergründen des Mordes ein wenig näher.

»Wissen Sie, was ich glaube?«, fragte Mona und sprach gleich darauf weiter: »Fassbinder wollte Ihnen vielleicht wirklich ein Objekt aus dem geklauten Kirchenschatz zukommen lassen, sozusagen um der alten Zeiten willen. Aber sie waren sauer auf ihn, weil er nicht nur ins Kloster gegangen war, sondern nun auch noch mit einem Haufen Geld für immer verschwinden wollte. Sie wussten oder vermuteten, dass er sich nicht nur ein Einzelstück unter den Nagel gerissen hatte. Es kam Ihnen auf die gesamte Beute aus dem Diebstahl im Akazienkonvent an. Deshalb reagierten Sie so heftig, als Sie von der Polizeiaktion in Lempers Haus erfuhren.«

Der falsche Mönch schüttelte den Kopf: »Da irren Sie sich – dass Lemper aufgeflogen ist, muss jedem missfallen, der schon mal Sakralkunst geklaut hat und sie zu Spitzenpreisen verscherbeln wollte. Ich hatte jedenfalls nicht vor, Wilfried auch nur ein Haar zu krümmen.«

»Woher wussten Sie von der Kiekhütte?«, fragte Enno direkt. Die Antwort lautete: »Dort wollte sich Wilfried mit mir treffen, er hatte bei seinem Anruf diesen Namen genannt – aber erst am 13. Oktober. Ich ließ mich gleich bei meiner Ankunft auf Borkum mit einem Taxi dorthin fahren, traf aber niemanden an. Wie gesagt, Wilfried war telefonisch nicht zu erreichen. Abends beschloss ich dann, auf eigene Faust die Umgebung der Hütte abzusuchen. Leider habe ich nichts gefunden.«

»Also waren Sie zweimal dort?«, vergewisserte die Kommissarin sich.

»Ja, Frau Sander.«

»Mit demselben Taxifahrer?«

»Nein. Bei meiner Ankunft stieg ich zu einem Herrn ins Auto, der das Format von Herrn Moll hatte. Als ich dann später am Inselbahnhof ein Taxi nahm, war der Fahrer eher so ein dürrer Hering.«

Diese Beschreibung traf auf Eik zu, während mit dessen schwergewichtigen Berufskollegen wahrscheinlich Gerd Bohnenkamp gemeint gewesen war. Es gab auf der Insel ja nur wenige Chauffeure. Die Kommissarin sagte: »Wir vermuten, dass Fassbinder in der Kiekhütte mit seinem Mörder verabredet gewesen ist«, erklärte Mona und fuhr fort: »Wenn Sie Ihren angeblichen Freund nicht umgebracht haben – wer soll es denn gewesen sein? Und es ist gewiss kein Zufall, dass er mit einem Zingulum stranguliert wurde.«

Bei letzterer Aussage handelte es sich um Täterwissen. Sie wollte einfach sehen, wie Endebrock darauf reagierte. Er wirkte überrascht: »Zingulum? Was soll das sein?«

»So nennt man die Kordel, die Sie sich um den Bauch geschlungen haben«, stellte Enno klar. Der Verdächtige zuckte mit den Schultern: »Ach so … dann bin ich wohl nicht optimal auf meine Rolle vorbereitet gewesen. Aber jetzt haben Sie mich ja sowieso schon durchschaut. – Und nein, ich weiß nicht, wer Wilfried auf dem Gewissen hat. Wenn ich eine Idee hätte, würde ich es Ihnen sagen.«

Mona beschrieb den Verdächtigen, der zunächst bei der Pension aufgetaucht war und später die Kommissare und Svenja Fassbinder verfolgt hatte. Endebrock schien angestrengt nachzudenken, aber dann hob er die Schultern: »Es tut mir leid, aber an diesen Kerl würde ich mich bestimmt erinnern. Vielleicht ist er ein Verehrer von Svenja Fassbinder?«

»Die junge Frau war im Kloster, da hat man nicht so viele Gelegenheiten für Männerbekanntschaften«, stellte die Kommissarin klar. Sie wusste nicht, was sie von Endebrocks Reaktion halten sollte. Deckte er den Mörder – und falls ja, aus welchem Grund? Der Mordverdacht gegen den falschen Mönch selbst musste jedenfalls bestehen bleiben, solange er kein wasserdichtes Alibi für die Tatzeit hatte. Mona kam auf einen anderen Gesichtspunkt zu sprechen: »Hat Fassbinder während seiner Zeit als ›Elster‹ auch mal mit einer Zwille geschossen?«

Endebrock nickte eifrig: »Ja, allerdings! Wilfried war ein Meisterschütze, wenn es um den Einsatz einer Steinschleuder ging. Er liebte diese Waffe – sie war leise, effektiv und leichter zu beschaffen als eine Pistole oder ein Revolver. Und außerdem auch noch günstiger. Damit hat er uns oft genug lästige Konkurrenz vom Leib gehalten. Aber das ist viele Jahre her.«

»Laut einer Zeugenaussage soll Fassbinder auch hier auf der Insel mit einer Fletsche trainiert haben«, warf Enno ein.

»Das ist schon möglich«, erwiderte Endebrock, »selbst, wenn er jahrelang keine Zwille in die Hand nahm, wird er schnell wieder zielsicher geworden sein. Ich schätze, es ist wie beim Fahrradfahren – wenn man es einmal gelernt hat, wird man es weiterhin beherrschen. Auch, wenn man jahrelang nicht in den Sattel gestiegen ist.«

»Fassbinder muss also gewusst haben, dass es jemand auf ihn abgesehen hatte«, schlussfolgerte Enno, »und Sie wissen nicht, wer das sein könnte?«

Endebrock schüttelte den Kopf. Log er oder hatte er wirklich keine Ahnung? Der Oberkommissar brachte ihn in die Arrestzelle, denn das Verhör schien momentan keine neuen Erkenntnisse zu bringen.

»Wir sollten noch einmal mit Svenja Fassbinder sprechen«, schlug Mona vor.

»Ja, aber erst koche ich uns frischen Tee. Ich verdurste gleich«, behauptete Enno. Seine Kollegin erklärte sich lächelnd einverstanden. Während er Wasser für den Pfeifkessel aufsetzte, kehrte sie schon in das gemeinsame Büro zurück. Kaum hatte die Kommissarin am Schreibtisch Platz genommen, als Grietje hereinplatzte: »Hier ist eine Besucherin für dich! Und der Bericht von der Kriminaltechnik ist gekommen!«

Eigentlich hätte die Ermittlerin sich vorrangig dafür interessieren sollen, ob die Untersuchung von Svenja Fassbinders durchwühltem Pensionszimmer ein Ergebnis gebracht hatte. Aber ihr Herz krampfte sich zusammen, als sie die Frau erkannte, die hinter der Polizeimeisterin hereinkam. Es war die Fremde, die mit Monas Freund Jan so vertraut zu sein schien. Die Kommissarin wusste nicht, was sie sagen sollte. Also hielt sie einfach den Mund, während Grietje die Mappe mit den Analyseergebnissen auf den Schreibtisch pfefferte und wieder abdampfte. Die Besucherin war blond, schlank und machte in ihrer weißen Jeans und ihrem weiß-blau gestreiften T-Shirt und der blauen Kapuzenjacke eine gute Figur. Mona fand, dass sie wie das Klischeebild einer Seglerin aussah. Dazu passte auch ihr braun gebrannter Teint. Die Fremde wirkte irritiert, weil Mona sie anschwieg.

»Moin! Du weißt, wer ich bin?«, fragte die Blonde. Die Kommissarin schüttelte den Kopf. In ihrer Fantasie sah sie diese Frau in den Armen ihres Freundes liegen. Die Besucherin zog eine Visitenkarte aus der Hosentasche und reichte sie Mona. Darauf stand: »Antonia Berger. Hochzeitsplanerin« – und außerdem eine Mobilnummer sowie eine Postadresse in Bremen. Während Mona von einer Welle der Erleichterung überrollt wurde, sagte Frau Berger: »Jan wird vergessen haben, dich zu informieren. Er ist ja manchmal etwas zerstreut, da wirst du als seine zukünftige Ehefrau mir zustimmen. – Wir kennen uns seit über einem Jahr, mein Mann und ich kommen mit unserem Segelboot fast jeden Monat in den Borkumer Hafen. Und dann kehren wir gern in der *Nordsee Kajüte* ein.«

Die Kommissarin hatte Antonia Berger noch nie im Lokal ihres Freundes gesehen, was allerdings nichts heißen musste. Sie hielt sich dort ja nicht rund um die Uhr auf. Und wenn es in ihrem Job viel Arbeit gab, dann sah sie Jan manchmal längere Zeit überhaupt nicht. Erst jetzt bemerkte die Kommissarin den Ehering an Frau Bergers Finger. Mona schämte sich, weil sie ihrem Freund sofort im Verdacht gehabt hatte, fremdzugehen. Sie hoffte, dass man ihrem Gesicht das Gefühlschaos nicht ansehen konnte. Die Hochzeitsplanerin fuhr fort: »Nach meiner Erfahrung kann man eine Heirat gar nicht früh genug vorbereiten. Wenn ich Jan richtig verstanden habe, dann steht der Termin noch gar nicht fest. Wird es neben der standesamtlichen Trauung auch eine kirchliche Eheschließung geben?«

»Äh, besonders religiös sind mein Freund und ich eigentlich nicht«, stammelte Mona, »mein Kollege und ich haben gerade einen falschen Mönch verhaftet, und ...«

Sie brach ab, weil ihr bewusst wurde, wie schräg diese Worte auf Außenstehende wirken mussten. Aber Frau Berger nahm daran keinen Anstoß: »Jan hatte die Idee, dass ihr euch an Bord eines Schiffs das Jawort geben könntet – eigentlich eine schöne Umgebung für den Wirt eines Seglerlokals, oder?«

Bevor die Kommissarin antworten konnte, kam ihr Kollege mit dem Tee herein. Sein Erscheinen brachte sie dazu, sich wieder auf ihre Pflichten zu besinnen: »Das ist Enno Moll, mein Trauzeuge. – Enno, Antonia Berger wird meine Hochzeit planen.«

Mit den nächsten Worten wandte Mona sich direkt an ihre vermeintliche Rivalin: »Ich fürchte, wir müssen unsere Besprechung auf den Feierabend verschieben, Antonia – ich darf dich doch duzen, oder? Enno und ich müssen gerade ein kniffliges Kriminalrätsel lösen.«

»Natürlich, das verstehe ich«, gab die Hochzeitsplanerin lächelnd zurück, »du hast ja jetzt meine Nummer, vielleicht können wir uns heute Abend sehen. – Freut mich, euch beide kennengelernt zu haben.«

Mit diesen Worten verließ sie das Dienstzimmer. Enno stellte das Tablett mit der Teekanne, dem Stövchen, den Tassen und dem Kandis sowie der Sahne ab.

»Wer war das denn?«, wollte er wissen. Mona reichte ihm wortlos die Visitenkarte. Dann riss sie den Umschlag auf, den sie von der Kriminaltechnik bekommen hatte.

»Bingo!«, rief sie. Der Oberkommissar warf ihr einen fragenden Blick zu.

»Wir haben endlich einen Namen zu dem Täter, der in Svenja Fassbinders Pensionszimmer eingedrungen ist – und das ist auch der Kerl, der uns vorhin verfolgt hat!«

In dem Kuvert befand sich ein Ausdruck der elektronischen Strafakte des Manns, der seine Fingerabdrücke in dem Raum hinterlassen hatte. Der attraktive Unbekannte hieß Oliver Thal – und er war wegen mehrerer Gewaltdelikte vorbestraft.

Kapitel 13

Mona betrachtete die erkennungsdienstlichen Fotos, auf denen Thal mürrisch in die Kamera starrte. Sie waren entstanden, als er zu einer Gefängnisstrafe wegen gefährlicher Körperverletzung verurteilt worden war. Diese Haftzeit hatte er offenbar inzwischen erfolgreich hinter sich gebracht. Es war nicht seine erste Erfahrung mit der Justiz – er hatte bereits einige Verbrechen begangen, als er noch unter Jugendstrafrecht fiel.

»Geboren wurde Thal in Pforzheim«, dachte die Kommissarin laut nach, »eine Berufsausbildung kann er offenbar nicht vorweisen, diese Chance hat er auch hinter Gittern nicht genutzt. Momentan sehe ich bei ihm allerdings keine Überschneidung seines Lebenswegs mit dem von Fassbinder und dessen Nichte beziehungsweise Tochter, weder geografisch noch in anderer Hinsicht.«

Enno hatte sich soeben eine Tasse Tee genehmigt. Er kam zu seiner Kollegin herüber und schaute ihr über die Schulter: »Unter ›unveränderliche Kennzeichen‹ steht, dass sein linkes Auge künstlich ist. Da wurde aber gute Arbeit geleistet, auf den ersten Blick ist das nicht zu erkennen. Vielleicht ist es anders, wenn man ihm direkt gegenübersteht.«

»Glaubst du, dass Thals Einäugigkeit etwas mit unserem Fall zu tun hat, Enno?«

»Ich weiß es nicht. Die spannende Frage lautet, auf welche Art er das Auge verlor. Vielleicht kann sein Bewährungshelfer etwas dazu sagen«, erwiderte der Oberkommissar. Mona rief den Betreuer gleich an. Sie stellte sich mit Namen und Dienstgrad vor. Außerdem machte sie deutlich, dass Thal Verdächtiger in einem Mordfall sei.

»Ich habe befürchtet, dass es früher oder später so kommen würde«, gab der Bewährungshelfer seufzend zurück.

»Könnten Sie etwas konkreter werden?«, bat die Ermittlerin.

»Thal ist ein verschlossener Mensch, der seine Gefühle verbirgt«, lautete die Antwort, »aber unter der scheinbar gleichmütigen Oberfläche verbirgt sich ein Vulkan, der gelegentlich zum Ausbruch kommt. Thals Gewalttaten sind stets wie ein Blitz aus heiterem Himmel über seine Umgebung hereingebrochen. So wurde es jedenfalls immer von Zeugen beschrieben. Dadurch wurde er so unberechenbar, was ihn eben auch furchteinflößend machte.«

»Wovon lebt Thal, wenn er nicht gerade in einer JVA sitzt?«

»Offiziell von Gelegenheitsarbeiten, Frau Sander. Der Mann ist ja handwerklich nicht ungeschickt. Ihm mangelt es nur an Disziplin, um beispielsweise eine Ausbildung zum Tischler oder Schlosser durchzuziehen. Da steht er sich selbst im Weg. Außerdem habe ich den Verdacht, dass er sich gelegentlich von einsamen Frauen Geld zustecken lässt. Aber als ich ihn darauf ansprach, hat er wie üblich die verschlossene Auster gespielt. Ich will damit sagen, dass es für meine Vermutung keine Beweise gibt.«

»Haben Sie Erkenntnisse darüber, wie er sein Auge verloren hat?«, fragte Mona.

»Darüber wollte er nie reden«, antwortete der Bewährungshelfer. »Er war noch jung, als es geschehen ist – vierzehn oder fünfzehn, also vor ungefähr zehn Jahren. Ihre Polizeikollegen gingen damals von einer Auseinandersetzung mit anderen Kriminellen aus. Aber falls Thal die Identität des Täters kennt, hat er sie nie preisgegeben. Meines Wissens wurden die Ermittlungen irgendwann eingestellt. Zeugen gab es natürlich auch nicht.«

Entweder hatte Thal wirklich keine Ahnung, wem er den Verlust seines Auges zu verdanken hatte – oder er hielt die Klappe, weil er sich höchstpersönlich an seinem Peiniger rächen wollte. Nach dem, was Mona jetzt über den Verdächtigen gehört hatte, schien ihr die letztere Variante wahrscheinlicher. Sie sagte: »Hat Thal jemals den Namen Fassbinder erwähnt? Hatte er vielleicht eine Freundin mit dem Namen Svenja Fassbinder?«

»Nein – nicht, dass ich wüsste, Frau Sander. Er hielt sich – wie gesagt – immer sehr bedeckt. Bei seiner letzten Verurteilung war anhand der Tatumstände völlig logisch, dass er nicht allein gehandelt haben konnte. Aber seine Komplizen hat er niemals verraten – obwohl ich weiß, dass sein Strafverteidiger ihm dazu geraten hat.«

Die Kommissarin hatte einen Einfall, der aber noch ziemlich unausgegoren war. Sie fragte: »Also können Sie mir nicht sagen, mit welchen Personen Thal vielleicht in der Vergangenheit gemeinsame Sache gemacht hat?«

»Leider nicht.«

Sie fand das Telefonat trotzdem hilfreich und bedankte sich herzlich bei dem Bewährungshelfer. Nachdem sie aufgelegt hatte, sagte Enno: »Diesen Gesichtsausdruck kenne ich. Was geht dir durch den Kopf?«

»Jede Menge Unsinn«, scherzte sie. »Ich will jetzt noch eine Sache probieren, dann können wir endlich Mittagspause machen.«

Als Nächstes rief sie in der Justizvollzugsanstalt Köln-Ossendorf an, wo Thal zuletzt eingesessen hatte. Es dauerte etwas, bis sie den zuständigen Verantwortlichen erreichen konnte. Sie stellte sich mit Namen und Dienstgrad vor, dann sagte sie: »Oliver Thal ist dringend mordverdächtig, und deshalb möchte ich erfahren, mit wem er sich eine Zelle geteilt hat. Diese Person könnte für uns ein wichtiger Zeuge sein.«

Es stellte sich heraus, dass Thal während seiner Zeit hinter Gittern nur einen Mithäftling gehabt hatte. Dessen Name lautete Bernd Waller. Der JVA-Angestellte fügte hinzu: »Waller hat aber noch sieben Monate bis zu seiner Entlassung vor sich.«

»Dann wissen wir ja, wo wir ihn finden können, falls wir direkt mit ihm sprechen wollen«, gab die Kriminalistin zurück und bedankte sich auch bei ihrem Kölner Kontakt herzlich.

»Ich hole schon mal Endebrock aus der Gewahrsamszelle«, meinte Enno schmunzelnd. Er war nicht von gestern – inzwischen musste ihm klar sein, in welche Richtung ihre Überlegungen gingen. Der falsche Mönch war erstaunt, weil die Kommissare so schnell schon wieder mit ihm sprechen wollten.

»Sie haben ja gewiss kapiert, dass Sie durch Ehrlichkeit Ihre Lage nur verbessern können«, sagte Mona, »deshalb gleich meine Frage: Sagt Ihnen der Name Bernd Waller etwas?«

Endebrock blieb scheinbar ruhig. Doch in seinen Augen erkannte die Kriminalistin, dass er genau wusste, um wen es ging. Ob er zu einer Lüge Zuflucht nehmen würde? Es dauerte einen Moment, dann nickte er langsam: »Ich weiß nicht, wie Sie das herausgefunden haben – aber Waller gehört auch zu den Elstern. Momentan sitzt er allerdings im Knast.«

»Haben Sie Kontakt zu ihm?«

»Ab und an. Wir kennen einander seit vielen Jahren«, lautete die Antwort.

»Erfuhr er von Ihnen, dass Fassbinder sich endgültig Richtung südliche Sonne verabschieden will?«, erkundigte sich die Kommissarin. Endebrock zögerte kurz, bevor er antwortete: »Ja, schon möglich. – Aber er kann mit Wilfrieds Tod doch nichts zu tun haben.«

Jedenfalls nicht direkt, dachte Mona. Sie fragte: »Hat Waller Fassbinders Telefonnummer von Ihnen bekommen?«

Mona wusste, dass viele Strafgefangene über verbotene Handys verfügten. Es gab in den Gefängnissen zwar immer wieder unangekündigte Zellenkontrollen, aber dies war oft nur ein Tropfen auf den heißen Stein. Die Telefone waren die Verbindung zur Außenwelt – entsprechend einfallsreich zeigten sich die Insassen und ihre Besucher, wenn es um das Einschmuggeln von Handys ging.

»Ja, warum hätte ich es ihm verweigern sollen? Bernd wollte sich auch noch von Wilfried verabschieden. Und das ging nur durch ein Telefonat. Jedenfalls schien Wilfried nicht vorgehabt zu haben, Bernd im Knast zu besuchen.«

Die Ermittler hatten für den Moment genug gehört. Enno brachte Endebrock in die Arrestzelle zurück. Am nächsten Tag sollte der Verdächtige auf das Festland überstellt werden, wo ein Richter die Verhängung von Untersuchungshaft prüfen würde. Als der Oberkommissar zu seiner Kollegin zurückkehrte, lächelte er.

»Was erheitert dich so?«, wollte sie wissen. »Die Aussicht aufs Mittagessen?«

»Ja, das auch. Aber noch besser war der Anblick deiner Miene, als vorhin die Hochzeitsplanerin bei dir war. Ich hatte schon befürchtet, dass du in Ohnmacht fallen würdest. – Das erinnert mich an meine eigene Verlobungszeit mit Birte. Damals war eine Heirat ja noch ein gesellschaftliches Großereignis, selbst wenn man nicht zur Inselprominenz gehörte. Wir mussten praktisch halb Borkum einladen – eigentlich alle Familien, mit denen wir um mehr als eine Ecke verwandt waren. In den letzten Tagen vor dem Jawort bekam ich vor Aufregung keinen Bissen mehr herunter.«

Mona verschwieg den wahren Grund, warum Antonia Bergers Erscheinen sie so in Aufregung versetzt hatte. Da Enno über eine hervorragende Menschenkenntnis verfügte, konnte er es sich wahrscheinlich sowieso denken. Die Kommissarin stand von ihrem Bürostuhl auf: »Lass uns in den *Knurrhahn* gehen, dann werde ich dir meine Überlegungen präsentieren.«

Die beiden verließen die Polizeiwache und gingen Richtung Franz-Habich-Straße. Das Borkumer Zentrum war mitten am Tag von eintreffenden Urlaubern und Kurgästen bevölkert, die aus den farbigen Waggons der Kleinbahn stiegen und ihre Unterkünfte ansteuerten. Die Kommissare bahnten sich zwischen ihnen einen

Weg. Am Anfang der Fußgängerzone befand sich der beliebte Fischimbiss, in dem sie meist ihre Pause verbrachten. Momentan war der erste Mittagsansturm schon vorbei. Mona bestellte ihren üblichen Neptunsalat, Enno entschied sich für Backfisch mit Pommes frites. Die beiden suchten sich einen Platz an einem der Stehtische und tranken während der Wartezeit alkoholfreies Bier. Mona sprach leise genug, sodass andere Gäste von ihren Worten nichts mitbekamen: »Meine Theorie hat noch einige Lücken, aber ich stelle mir Folgendes vor: Fassbinder wollte wirklich noch ein letztes großes Ding drehen und danach ein neues Leben beginnen – und zwar gemeinsam mit seiner Tochter. Ich gehe jetzt einfach mal davon aus, dass Svenja wirklich sein Kind ist. Dies lässt sich mithilfe eines DNA-Abgleichs ja zweifelsfrei klären. Das Vater-Tochter-Duo klaut also den Kirchenschatz. So weit, so schlecht. Aber die Zeit im Kloster hat bei Fassbinder Spuren hinterlassen.«

»Wie meinst du das?«

Die Kommissarin antwortete: »Warum wollte Fassbinder Endebrock ein Beutestück schenken? Das passt eher zu einem freigiebigen Gottesmann als zu einem selbstsüchtigen Berufsverbrecher. Vielleicht waren die beiden ja wirklich befreundet, bevor Fassbinder Mönch wurde. In dieser Hinsicht hat Endebrock uns also nicht belogen. Ich glaube allerdings, dass er sich nicht mit einem Einzelstück zufriedengegeben hätte, sondern es auf das gesamte Raubgut aus dem Akazienkonvent abgesehen hatte. Und die anderen Mitglieder dieser Elster-Gruppe waren wahrscheinlich nicht so gut auf Fassbinder zu sprechen. Ich halte es für denkbar, dass er in ihren Augen nur ein mieser Verräter war, der durchaus den Tod verdient hatte – weil er ins Kloster gegangen ist, anstatt weiterhin mit ihnen krumme Dinger zu drehen. An dieser Stelle kommt Thal ins Spiel. Er muss herausgefunden haben, dass die anderen Elstern Fassbinder nicht mehr vor seiner Rache schützen wollten.«

Der Oberkommissar spann den Faden weiter: »Fassbinder ruft Waller in der JVA an, und der Mitinsasse Thal bekommt dadurch Wind von den Plänen?«

»Richtig, Enno – und nun stellt sich die Frage nach dem Mordmotiv. Darüber können wir wild spekulieren. Mir kam eine Idee, als ich von Thals künstlichem Auge erfuhr.«

»Du vermutest, dass Fassbinder Thal vor zehn Jahren mit seiner Zwille ein Auge zerstört hat?«, vergewisserte sich der Oberkommissar und fügte hinzu: »Daran hatte ich auch schon gedacht, aber mir fehlte die Verbindung zwischen den beiden Männern. Der Bewährungshelfer hat ja anscheinend vermutet, dass ein konkurrierender Ganove für den Verlust des Augapfels verantwortlich war.«

»Ja, und bei diesem Täter wird es sich um Fassbinder gehandelt haben!«, meinte Mona und ergänzte: »Thal sann auf Rache, aber damals war er noch sehr jung. Außerdem hatte Fassbinder sich ins Kloster abgesetzt. Entweder hat Thal damals nicht herausgefunden, dass sein Peiniger Mönch geworden war, oder er sah keine Möglichkeit, an ihn heranzukommen. Im Gefängnis hat man jedenfalls genug Zeit, um sich gegenseitig Geschichten zu erzählen. Vielleicht hat Thal Waller eine Belohnung in Aussicht gestellt, wenn er jemals Fassbinder in die Finger bekommt. Als Waller dann durch Endebrock von Fassbinders Plänen erfuhr, nutzte er die Chance. Wahrscheinlich hegt Waller keine freundschaftlichen Gefühle für Fassbinder. Deshalb hatte er auch keine Hemmungen, ihn ans Messer zu liefern.«

»Einverstanden, so weit kann ich dir folgen«, sagte ihr Kollege, »aber mir ist immer noch nicht klar, mit wem sich Fassbinder an der Kiekhütte verabredet hat. Und – was war auf der Speicherkarte seiner Kamera zu sehen? Ich bin sicher, dass der Mörder sie mitgenommen hat. Dass Thal seinem Opfer einen Holzvogel in die Hand gedrückt haben könnte, finde ich aus seiner Sicht nachvollziehbar. Dadurch wollte er den Mordverdacht in Richtung Elstern lenken. Das hätte ja auch beinahe geklappt.«

»Die Einzelverbindungsnachweise sind beim Mobilfunkanbieter beantragt«, erinnerte Mona, »mit etwas Glück bekommen wir sie morgen. Und ich vermute, dass Thal sich noch auf der Insel befindet. Er hat zwar seine Rache an Fassbinder gehabt – aber vermutlich möchte er sich auch noch den Kirchenschatz greifen.«

»Dafür müsste er in unsere Asservatenkammer einbrechen«, stellte Enno trocken fest. Nun war das Essen fertig, und die beiden machten sich über ihre leckeren Gerichte her. Nachdem sie gegessen und gezahlt hatten, kehrten sie zur Wache zurück. Mona wollte Svenja Fassbinder auf Oliver Thal ansprechen und ihre Reaktionen beobachten. Nachdem die junge Frau in den Verhörraum geführt wurde, kam die Kommissarin sofort zur Sache: »Wir wissen jetzt, wer in Ihr Pensionszimmer eingebrochen ist und Sie vorhin verfolgt hat.«

Mit diesen Worten schob Mona die erkennungsdienstlichen Fotos von Thal über den Tisch. Svenja Fassbinder bekam große Augen: »Hey, der sieht ja richtig gut aus!«

»Ja, aber diese Bilder stammen nicht von einer Datingseite, sondern wurden nach einer Verhaftung gemacht«, unterstrich die Kommissarin und fügte hinzu: »Haben Sie diese Person schon einmal gesehen?«

Svenja Fassbinder runzelte die Stirn. Sie spürte offenbar, dass die Kommissarin ihr die Aufnahme nicht gezeigt hatte, um ihr durch den Anblick eines attraktiven Mannes eine Freude zu machen.

»Nein, daran könnte ich mich erinnern, Frau Sander. Der Kerl hat also in meinen Sachen geschnüffelt und ist mir nachgestiegen? Kann es … ist es möglich, dass er etwas mit dem Tod meines Onkels zu tun hat?«

»Der Verdächtige heißt Oliver Thal und ist dringend mordverdächtig.«

Nachdem Mona diesen Satz gesagt hatte, füllten sich Svenja Fassbinders Augen mit Tränen. Sie zog ein Papiertaschentuch hervor. Ihr Gefühlsausbruch war nicht geschauspielert. Die Kriminalisten warteten, bis sie sich wieder ein wenig beruhigt hatte. Dann fragte Mona: »Thal ist Ihnen also noch nie begegnet?«

»Nein, keinesfalls. – Warum hat er das getan? Was für ein Motiv hatte er?«

»Diese Fragen können wir momentan noch nicht korrekt beantworten, Frau Fassbinder. – Wir behalten Sie zu Ihrem eigenen Schutz vorerst in der Arrestzelle, solange der Mörder Ihres Onkels – beziehungsweise Vaters – noch frei herumläuft. Wegen Ihrer Tat im Akazienkonvent werden Sie sich vor Gericht verantworten müssen.«

Svenja Fassbinder schaute sich um – als ob sie befürchten würde, dass Oliver Thal plötzlich hinter ihr aufgetaucht wäre, um ihr den Hals umzudrehen.

»Dieser Mörder … Sie werden ihn doch bald verhaften können, oder?«

»Wir arbeiten mit Hochdruck daran«, versicherte Enno. Die junge Frau schien sich nicht besonders wohlzufühlen, als sie zurück in die Gewahrsamszelle gebracht wurde.

»Thal hat Svenjas Zimmer durchsucht, weil er Hinweise auf den Kirchenschatz zu finden hoffte«, dachte Mona laut nach. Sie ergänzte: »Falls er noch auf Borkum ist, wird er weiterhin versuchen, die Wertgegenstände in seine Gewalt zu bringen. Wir müssten eine Großfahndung nach ihm einleiten.«

»Ich höre Oltbeck schon jammern«, vermutete Enno. »Er wird sagen: ›Wie stellen Sie sich das angesichts unserer dünnen Personaldecke vor?‹ Darauf wette ich.«

»Klar, aber wir müssen ihm diesen Vorschlag trotzdem unterbreiten«, gab seine Kollegin zurück. Wenig später saßen die beiden im Chefbüro und berichteten, was sie über den Mordverdächtigen herausgefunden hatten und dass sie für umfassende Fahndungsmaßnahmen waren. Der Dienststellenleiter schüttelte den Kopf: »Wie stellen Sie sich das angesichts unserer dünnen Personaldecke vor?«

Wette gewonnen, Enno, dachte Mona, wobei sie ein Grinsen unterdrückte. Sie sagte: »Hatten Sie inzwischen Gelegenheit, Lemper zu verhören, Herr Oltbeck? Es könnte auch eine Verbindung zwischen Thal und diesem fanatischen Sammler geben. Ich halte es jedenfalls nicht für ausgeschlossen, dass sich auch Thal mit dem Diebstahl von hochkarätiger Kirchenkunst befasst.«

»Lemper liegt immer noch im Inselkrankenhaus«, erwiderte der Vorgesetzte seufzend. »Laut Dr. Siemers hat sich der Kreislauf seines Patienten schon wieder stabilisiert, aber Lemper spielt den eingebildeten Kranken und verlangt nach einer medizinischen Koryphäe aus Hamburg, die leider erst morgen eingeflogen werden kann. Ich will mir nicht nachsagen lassen, dass wir die Gesundheit eines Tatverdächtigen ruiniert hätten. Daher bleibt Lemper über Nacht im Hospital. Ich habe Herrn Ekhoff damit beauftragt, bis Mitternacht dort Wache zu schieben. Dann wird er abgelöst. – Wir sollten die Fahndung nach Thal intensivieren. Je eher wir ihn festsetzen können, desto schneller lässt sich dieser Fall abschließen. Was ist eigentlich mit diesen rätselhaften Notizen des Mordopfers, von denen Sie mir erzählt haben? Konnten Sie sich inzwischen darauf einen Reim machen?«

»Ich habe eine Idee, aber die muss erst noch ein wenig reifen«, antwortete Enno, bevor Mona etwas entgegnen konnte.

»Gut, dann nehmen Sie Ihre Überlegung eben als Denksportaufgabe meinetwegen mit nach Hause«, gab der Chef ein wenig ungeduldig zurück. »Vielleicht hat Fassbinder nur ein paar Wörter als Gedächtnisstütze zu Papier gebracht, die für unseren Fall gar nicht relevant sind. – Entscheidend ist die baldige Verhaftung des Mordverdächtigen. Wie wollen Sie weiter vorgehen?«

»Wir werden zunächst nach seinem Unterschlupf Ausschau halten«, antwortete Mona, »die Nächte sind inzwischen schon ziemlich frisch, und es mangelt auch nicht an Regenschauern. Er wird also nicht am Strand nächtigen.«

Oltbeck war anzusehen, dass er mit sich kämpfte. Schließlich gab er nach: »Einverstanden, aber achten Sie auf Eigensicherung.«

Mona lag die Bemerkung auf der Zunge, dass sie gut auf sich selbst aufpassen könnte und nicht erst seit gestern Polizistin war. Aber sie hielt ihren Schnabel, um sich nicht unnötig in die Nesseln zu setzen. Momentan herrschte zwischen ihr und ihrem Vorgesetzten eine relativ entspannte Atmosphäre, was nicht immer so gewesen war. Sie hatte es inzwischen hingenommen, dass sie und Oltbeck nie auf einer Wellenlänge sein würden. Dafür waren Mona und ihr Chef vom Charakter her zu unterschiedlich. Aber sie hatte jetzt einen Weg gefunden, mit ihm auszukommen – meistens jedenfalls. Nachdem Oltbeck die Besprechung beendet hatte, verließen die Kommissare die Wache. Sie hatten noch den ganzen Nachmittag, um sich an der Fahndung nach dem Mordverdächtigen zu beteiligen. Ihr erster Weg führte sie zur Touristeninformation, die sich ganz in der Nähe – am Georg-Schütte-Platz – befand.

»Es ist zwar nicht sehr wahrscheinlich, dass Thal unter seinem echten Namen ein Zimmer gebucht hat«, meinte Enno, »aber ausschließen lässt es sich nicht. Zumal der Kriminelle bisher ziemlich sicher sein konnte, dass wir seinen Namen nicht herausfinden würden.«

»Ja, und man sollte die Intelligenz von Verbrechern nicht überschätzen«, sagte Mona, »es war zwar clever von ihm, den Verdacht auf die Elstern lenken zu wollen, denn zu diesem Verein scheint Thal ja niemals gehört zu haben. Aber sein Einbruch in Svenjas Zimmer hätte auch schiefgehen könnte. Woher wusste er überhaupt, wo genau in der Pension sie wohnt?«

»Er wird das Haus zuvor beobachtet haben«, vermutete der Oberkommissar, »wer weiß, wie lange er sich schon auf Borkum befindet.«

Der Besuch bei der Touristeninformation erwies sich jedenfalls diesmal als sinnlos, obwohl die Ermittler in der Vergangenheit schon oft wichtige Hinweise bekommen hatten. Jeder Urlauber musste einen Gästebeitrag zahlen, der über die jeweiligen Beherbergungsbetriebe an die Touristeninformation abgeführt wurde. Daher kannte man stets die Namen der Touristen, die sich momentan auf der Insel befanden. Doch diesmal hatten die Ermittler kein Glück. Falls Thal sich irgendwo eingemietet hatte, dann nicht unter seinem richtigen Namen. Und an Unterkünften mangelte es nicht auf der größten der ostfriesischen Inseln. Die Kommissare bedankten sich trotzdem beim freundlichen Personal und verließen den Pavillon, der sich direkt gegenüber vom Inselbahnhof befand.

»Dann lass uns jetzt die Mitbürger abklappern, die ›unter der Hand‹ vermieten«, schlug Enno vor. Eigentlich mussten sich alle Zimmeranbieter bei der Touristeninformation registrieren, um ins offizielle Gastgeberverzeichnis aufgenommen zu werden. Aber es gab einige Borkumer, die aus unterschiedlichen Gründen mit den Vorschriften auf Kriegsfuß standen. Enno als gebürtiger Insulaner kannte natürlich die entsprechenden Personen. Die Ermittler stiegen in ihren Dienstwagen und steuerten einige Adressen an. Ihr Weg führte sie von dem eher ländlich wirkenden Gebiet jenseits der Franzosenschanze in eine Wohngegend bei der Greunen Stee, zu einem alten Friesenhäuschen an der Kaapdelle und sogar bis hoch ins Ostland, von wo aus man nach Juist hinüberschauen konnte. Die vermeintlichen Vermieter waren nicht begeistert, dass die Polizei bei ihnen aufkreuzte. Aber als sie hörten, dass es um die Suche nach einem Mörder ging, erwiesen sie sich alle als kooperativ. Keiner von ihnen hatte Oliver Thal bei sich beherbergt, was den Ermittlern glaubhaft erschien.

»Und was machen wir jetzt?«, fragte Mona mit einem Anflug von Mutlosigkeit, als sie den letzten »Schwarzvermieter« überprüft hatten und aus dem Haus traten. Sie blickte in Richtung Kobbedünen, die sich ein paar Hundert Meter weit nördlich von ihr befanden.

»Es wäre nicht das erste Mal, dass sich ein untergetauchter Straftäter in einem nicht vermieteten Ferienhaus verkriecht«, erinnerte Enno. Dies war seiner Kollegin natürlich auch klar – die beiden hatten schon öfter Ganoven aufspüren können, die sich in solchen, vermeintlich sicheren Unterschlüpfen verborgen hatten. Allerdings gab es auf der beliebten Ferieninsel zahlreiche dieser

Urlaubsimmobilien, von denen jetzt im Oktober längst nicht alle an Gäste vermietet waren. Die nächsten Stunden verbrachten die Kriminalisten damit, auf gut Glück leer stehende Häuser zu überprüfen. Aber sie konnten nirgendwo Einbruchspuren entdecken.

»Ich werde heute Nacht noch weitersuchen«, entschied Mona, »und falls Oltbeck wegen der Überstunden Theater macht, betrachte ich die Fahndung eben als mein Freizeitvergnügen.«

»Dann solltest du dir aber jetzt eine Verschnaufpause gönnen, findest du nicht?«, meinte der Oberkommissar, als es kurz vor 18 Uhr war. »Wenn du nachher die Suche fortsetzen willst, solltest du dich noch frisch machen und etwas essen. Es wird bald dunkel. Ich kann dich gern um Mitternacht ablösen.«

Mona wusste, dass ihr Kollege eigentlich kein Nachtmensch war. Aber in ihrem Beruf konnte man sich die Arbeitszeiten nicht immer aussuchen. Außerdem bestand immer noch die Hoffnung, dass Thal anderen Kollegen in die Arme laufen würde, denn alle Borkumer Polizisten hielten die Augen nach dem Mordverdächtigen auf.

»Gut, so machen wir es«, stimmte die Kommissarin zu. Die beiden kehrten zur Wache zurück, wo sie sich ihr Fahrrad schnappte, Enno verabschiedete und sich auf den Weg zu ihrer Wohnung machte. Mona hatte den Weg schon zur Hälfte hinter sich gebracht, als ihr Smartphone klingelte. Sie hielt an, um das Gespräch entgegenzunehmen. Jan war am Apparat.

»Moin, Mona. Musst du noch arbeiten?«

»Ja, heute ist bei mir eine Nachtschicht angesagt. Und was ist mit dir? Hast du die *Nordsee Kajüte* noch gar nicht aufgesperrt?«

»Das wollte ich etwas später machen, Lux kümmert sich bis dahin um alles. – Ich habe nämlich gerade die Schlüssel zu unserem neuen Haus bekommen und wollte es dir gleich zeigen … aber das passt dann jetzt wohl nicht so gut?«

Die Kommissarin konnte die Enttäuschung in seiner Stimme deutlich hören, obwohl ihr Freund es gewöhnt war, wegen ihrer Arbeit zurückstecken zu müssen. Aber sie wollte ihn nicht schon wieder enttäuschen. Außerdem war sie selbst neugierig auf ihr zukünftiges Zuhause, wie sie sich eingestehen musste. Daher sagte sie: »Ein wenig Zeit habe ich schon noch, ich bin auf dem Weg zu meiner Wohnung.«

»Das ist gut, denn unser Haus befindet sich gar nicht weit von der Walfangerstrate entfernt, mehr wird noch nicht verraten«, erwiderte

Jan, der nun schon viel munterer klang. Er fügte hinzu: »Ich muss noch ein paar Sachen mit Lux besprechen, dann hole ich dich ab.«

»Prima, bis gleich.«

Mit diesen Worten beendete sie das Telefonat und setzte ihre Fahrt fort. Nach ein paar Minuten wurde ihr bewusst, dass sie permanent lächelte. Und dazu hatte sie auch allen Grund, wie sie fand. Antonia Berger war keine Rivalin, sondern eine Hochzeitsplanerin. Wahrscheinlich würde Mona schon zu Beginn des nächsten Jahres Jan ihr Jawort geben. Und das Haus? Selbst, wenn es noch renovierungsbedürftig war, konnten sie und ihr Zukünftiger es gemeinsam auf Vordermann bringen. Außerdem wurde Nachbarschaftshilfe auf den Inseln großgeschrieben. Mit diesen munteren Gedanken im Hinterkopf erreichte sie ihr Fahrtziel, schob das Fahrrad in den Schuppen und schloss ihre Wohnung im ersten Stockwerk auf. Mona zog sich schnell um, denn die Nächte wurden schon kühl – da waren eine wärmere Jacke und ein dickerer Pullover von Vorteil. Zum Essen würde sie keine Zeit mehr haben, aber sie bekam vor Aufregung wahrscheinlich ohnehin keinen Bissen herunter. Es klingelte an der Tür. Darüber wunderte sie sich nicht, denn Jan besaß im Gegensatz zu ihr ein Auto – genauer gesagt einen alten Pritschenwagen, um seine Ware von der Fähre zu holen. Eigentlich hatte er ja einen Schlüssel zu ihrer Wohnung, aber den verlegte er gelegentlich. Sie öffnete die Tür: »Du konntest es wohl nicht mehr erwarten, du ...«

Mona beendete den Satz nicht, denn ein unerwarteter Besucher stand vor ihr. Es war Oliver Thal. Und er hatte eine Pistole auf sie gerichtet.

Kapitel 14

Die Kommissarin befand sich in einer üblen Lage. Sie musste damit rechnen, dass der Mordverdächtige ohne Vorwarnung schießen würde. Seine Unerbittlichkeit hatte er schon beim Strangulieren von Fassbinder bewiesen. An Gegenwehr war momentan nicht zu denken. Ganz abgesehen davon, dass dadurch Unbeteiligte in Gefahr geraten konnten. Mona wohnte nicht allein im Haus. Ihre Vermieterin war vermutlich anwesend, und die übrigen Apartments in dem Gebäude wurden von Urlaubern bevölkert. Frau Klasing fand es beruhigend, eine Polizistin im Haus zu haben, daher war Mona ihre einzige Dauermieterin. Die Kommissarin hielt es für eine Ironie des Schicksals, dass jetzt ausgerechnet wegen ihres Berufs ein bewaffneter Mann hier eingedrungen war. Jederzeit konnte ein Tourist heimkommen oder die Tür seines Apartments von innen öffnen. Was würde geschehen, wenn er dann Thal mit der Waffe in der Hand sah? Dies musste die Ermittlerin um jeden Preis verhindern.

»Nun kommen Sie schon rein!«, zischte sie und gab die Tür frei.

»Sehr freundlich von Ihnen, Frau Sander.«

Mit diesen Worten betrat der Kriminelle ihre Wohnung, wobei er die Tür hinter sich ins Schloss zog. Er machte eine Geste mit dem Pistolenlauf – Mona sollte offenbar vorgehen. Sie zog sich rückwärts ins Wohnzimmer zurück, während ihre Gedanken rasten. Woher wusste dieser Kerl, wie sie hieß? Die Frage ließ sich leicht beantworten, denn ihr Name stand ja auf dem Klingelschild. Wahrscheinlich war die Haustür im Erdgeschoss nicht richtig eingerastet, daher hatte er einfach ins erste Stockwerk hochsteigen können. Aber das war momentan nicht ihre größte Sorge. Die Kommissarin betrachtete die Pistole, deren Mündung auf sie gerichtet war. Es handelte sich um eine Polizeiwaffe. Thal ahnte, welche Gedanken sie gerade beschäftigten.

»Zerbrechen Sie sich nicht den Kopf über ihren jungen Kollegen, Frau Sander. Ihm geht es gut. Er liegt nur sorgfältig verschnürt in einer Abstellkammer im Krankenhaus – genau wie dieser glatzköpfige Arzt, der mir netterweise Ihre Adresse verraten hat«, sagte der Verbrecher. Es war für ihn offenbar höchst befriedigend, am Drücker zu sein. Dadurch wurde die Zunge des Mannes gelöst, der angeblich eher schweigsam war. Dies musste die Ermittlerin ausnutzen. Solange er mit ihr redete, würde er nicht feuern. Dabei ging sie sowieso nicht davon aus, dass er sie töten wollte. Er hatte etwas anderes vor. Momentan fürchtete sie sich vor dem Moment, wenn ihr Freund klingeln würde. Dies konnte schon bald geschehen. Sie musste verhindern, dass Thal sich dann zu einer Panikreaktion hinreißen ließ.

»So, Sie waren also im Inselkrankenhaus – um Ihren Freund Lemper zu befreien?«, fragte Mona. Dabei versuchte sie, möglichst gelassen und unbeeindruckt zu klingen. Ob ihr das gelang, stand auf einem ganz anderen Blatt. Thal lachte und erwiderte: »Sie haben den Nagel auf den Kopf getroffen! Obwohl – als meinen Freund würde ich Lemper nicht bezeichnen, eher als einen zuverlässigen Geschäftspartner. Und er braucht meine Hilfe mehr denn je, nachdem die Bullen seine Privatsammlung in der Eifel kassiert haben.«

»Davon wissen Sie also auch schon«, stellte die Ermittlerin fest.

»Ja, mit dieser Neuigkeit hat er mir die Ohren vollgeheult, als er mich anrief«, gab der Mordverdächtige bereitwillig zu. Dann war also das Warten auf den Starmediziner aus Hamburg nur eine Finte des Privatiers gewesen, um seinem kriminellen Kumpel genügend Zeit für seine Befreiung zu geben? Für Mona machte dies keinen Unterschied. Beide Männer würden sich für ihre Taten später vor Gericht verantworten müssen. Dafür war allerdings erst einmal eine Festnahme nötig. Und danach sah es momentan absolut nicht aus. Inzwischen hatten die Kommissarin und der Verbrecher das kleine Wohnzimmer erreicht. Thal schaute sich um: »Nett haben Sie es hier. Ein wenig spießig vielleicht, aber was kann man von Bullen schon anderes erwarten?«

»Ich werde Sie gewiss nicht als Stilberater anheuern!«, fauchte Mona, »und außerdem habe ich um Ihren Besuch nicht gebeten!«

Vielleicht wäre es klüger gewesen, dem bewaffneten Kriminellen kein Kontra zu geben. Aber erstens passte die Rolle des unterwürfigen Opfers nicht zu ihr, obwohl sie sich um ihren Freund Gedanken machte. Und zweitens spürte sie, dass Thal ihre patzige Art durchaus zu gefallen schien. Jedenfalls wurde sein Grinsen noch breiter: »Oh, wir bleiben nicht hier im Raum. Und wir gehen auch nicht ins Schlafzimmer, falls Sie das befürchten. Ich interessiere mich sehr stark für den Inhalt Ihrer Asservatenkammer – dort werden Sie den Kirchenschatz verwahren, nehme ich an?«

Ob sie einfach leugnen sollte, dass die Beute beschlagnahmt worden war? Nein, das wäre keine gute Idee, denn Thal hatte offenbar Telefonkontakt zu Lemper gehabt. Der Privatier konnte sich denken, dass die Sakralkunst aus dem Akazienkonvent in den Händen der Polizei gelandet war. Zumindest lag diese Schlussfolgerung nahe. Andererseits: Als Thal die Kommissare und die Verdächtige auf dem Weg zum Friedhof verfolgt hatte, war er vor Mona geflohen. Also konnte er nicht gesehen haben, dass Svenja Fassbinder den Kirchenschatz an die Ermittler übergab. Oder?

»Es ist nicht so einfach, in die Asservatenkammer zu gelangen – auch für mich nicht.«

Mit dieser Behauptung versuchte die Kommissarin, ein wenig Zeit zu gewinnen. Sie musste den Mordverdächtigen überwältigen, aber wie sollte sie das schaffen? Er achtete stets auf einen Sicherheitsabstand zwischen ihnen. Wenn sie ihn plötzlich attackierte, würde sie sich zwangsläufig eine Kugel einfangen. Nein, es musste eine andere Lösung geben – und zwar, bevor Jan sie abholen kam. Plötzlich wurde ihr bewusst, dass ihr Freund einen Schlüssel zu ihrer Wohnung hatte. Er würde also hereinkommen, ohne vorher zu klingeln. Wenn Thal nun beim Erscheinen eines anderen Mannes die Nerven verlor? Der Täter schüttelte gemein grinsend den Kopf: »Glauben Sie wirklich, dass ich auf einen solchen Trick hereinfalle? Sie werden schon eine Möglichkeit finden, die Sakralkunst aus der Polizeistation zu holen. Falls Sie das nämlich nicht tun, rufe ich Lemper an. Er ist mir für seine Befreiung äußerst dankbar und wartet nur darauf, dem Arzt und Ihrem Polizeikollegen die Kehlen durchzuschneiden, wenn ich ihn dazu auffordere.«

Mona brach der kalte Schweiß aus. War diese Behauptung einfach nur ein Bluff? Sie wollte sich jedenfalls nicht darauf verlassen. Außerdem war es ein relativ weiter Weg von ihrer Wohnung bis zur Wache. Unterwegs würde sich vielleicht eine Gelegenheit ergeben, ihren Widersacher auszutricksen. Allerdings hatte sie noch keinen zündenden Einfall, wie das geschehen sollte. Vorerst gab sie zum Schein nach: »Also gut, dann gehen wir jetzt zur Dienststelle. Sie ist nachts nur schwach besetzt.«

»Schön, dass Sie vernünftig werden«, höhnte Thal, »aber ich habe keine Lust auf einen romantischen Mondscheinspaziergang mit Ihnen. Wir klauen gleich ein Auto, ich hab schon einige vielversprechende Karren in der Nähe parken gesehen.«

Der Mistkerl denkt aber auch an alles!, dachte die Kriminalistin verdrossen. Borkum war im Gegensatz zu einigen anderen ostfriesischen Eilanden keine Pkw-freie Insel, obwohl es Gebiete gab, die aus Naturschutzgründen nicht befahren werden durften. Wenn Thal wirklich ein Fahrzeug knackte und Mona sich ans Lenkrad setzen musste, dann sanken ihre Chancen auf Gegenwehr rapide. Während ihr diese Überlegungen durch den Kopf schwirrten, verließ sie ihre Wohnung und stieg die Treppe hinab. Der Mordverdächtige folgte ihr, wobei er stets ein paar Schritte hinter ihr blieb. Die Kommissarin schickte ein Stoßgebet zum Himmel, damit nicht plötzlich Frau Klasing aus ihrer Wohnung treten würde. Die Vermieterin neigte nämlich ein wenig zur Neugier – und ihr war garantiert nicht entgangen, dass Mona momentan »Herrenbesuch« hatte. Aber zum Glück rührte sich hinter Frau Klasings Tür nichts. Der Kommissarin fiel ein, dass ihre Vermieterin an diesem Abend ihre Doppelkopf-Runde hatte – und das Kartenspiel fand reihum bei verschiedenen Freundinnen statt – und diesmal trafen sich die Damen offensichtlich nicht in der Walfangerstrate.

Frau Klasing ist also aus der Schusslinie, dachte Mona mit einem Anflug von Erleichterung. Sie stieß die Haustür auf, der Wind wehte ihr entgegen. Es kam ihr so vor, als ob sie neben dem Fahrradschuppen eine Bewegung wahrgenommen hätte. Ob sie sich getäuscht hatte? Im nächsten Moment verließ auch Thal das Haus. Nun ertönten ein Schrei und ein splitterndes Geräusch. Die Kommissarin wirbelte herum. Und dann sah sie, was geschehen war. Ihr Freund hatte neben der Holzhütte auf der Lauer gelegen und dann eine Sektflasche auf dem Kopf des Mordverdächtigen zerschlagen!

*

Noch hatte sie die Gefahr nicht vollständig überstanden. Thal war zwar verwundet, aber immer noch bei Bewusstsein und bewaffnet. Aber jetzt bestand eine reelle Chance, ihn unschädlich zu machen. Mona packte die Waffenhand des Verbrechers und bog sie nach außen.

»Tritt ihm in die Kniekehlen, Jan!«

Ihr Freund gehorchte. Durch seine Attacke verlor der Mordverdächtige das Gleichgewicht und ging bäuchlings zu Boden. Die Kommissarin kniete sich auf seinen Rücken und verdrehte sein

Handgelenk so weit, bis er fluchend die Schusswaffe losließ. Mona fühlte sich schon viel besser, als sie selbst die Pistole in die Finger bekam.

»Wir brauchen einen Strick – in meiner Wohnung müsste einer liegen, und zwar in meiner Kramschublade!«

Diese Sätze waren natürlich an Jan gerichtet. Er rannte ins Haus und kehrte wenig später mit der gewünschten Hanfleine zurück. Natürlich gehörten Handschellen zur Standardausrüstung der Polizistin, aber diese bewahrte sie nicht daheim auf. Genau wie ihre eigene Dienstwaffe und ihr Pfefferspray ließ sie die Gegenstände auf der Wache. Mona fesselte nun Thals Handgelenke und betrachtete im Licht der Außenlampe über der Haustür die Platzwunde an seinem Kopf. Sie blutete und musste wahrscheinlich genäht werden.

»Wo genau im Krankenhaus hält Lemper die Geiseln fest?«, wollte sie von dem Kriminellen wissen. Aber Thal zog es vor, sich in Schweigen zu hüllen. Dafür öffnete Jan den Mund, wodurch er ihren Fragen zuvorkam: »Ich wollte dich mit Sekt überraschen, aber als ich die Wohnungstür aufschloss, hörte ich dich mit einem Unbekannten reden. Er sagte so etwas wie: ›Wir klauen gleich ein Auto, ich hab schon einige vielversprechende Karren in der Nähe parken gesehen‹. Da wurde mir klar, dass ein Ganove bei dir ist, dich wahrscheinlich in seiner Gewalt hat. Zum Glück habt ihr beide nicht gehört, dass ich den Schlüssel ins Schloss gesteckt habe. Also zog ich mich leise zurück und wartete. Es war mir klar, dass ihr bald das Haus verlassen würdet.«

Mona nickte und warf ihrem Freund einen dankbaren Blick zu. Für tiefere Gefühlsbekundungen war später immer noch Zeit. Jedenfalls hatte sie nicht vor, in Gegenwart eines Mordverdächtigen über ihre Liebe zu sprechen. Stattdessen rief die Kommissarin auf der Wache an. Polizeimeisterin Britt Mölders von der Nachtschicht meldete sich. Aber bevor Mona von der Festnahme berichten konnte, sagte Britt: »Ich wollte auch gerade Kontakt mit dir aufnehmen! Stell dir vor, Lemper ist aus dem Krankenhaus abgehauen. Er muss einen Komplizen gehabt haben, der Hinderk überwältigt und entwaffnet hat. Zum Glück konnte unser Kollege sich selbst und Dr. Siemers befreien, die beiden sind in eine Kammer gesperrt worden. Es geht ihnen gut, aber von Lemper fehlt jede Spur.«

»Das macht nichts, den fangen wir wieder ein!«, gab Mona grimmig zurück. »Dank meines Freundes konnte ich den Komplizen verhaften. Deshalb brauche ich sofort einen Rettungswagen zu meiner Privatadresse – der Täter ist nämlich verletzt. Und natürlich muss der Yachthafen überwacht werden. Ich kann mir gut vorstellen, dass Lemper mit seiner *Maria Feronia* abhauen will – falls er nicht sowieso schon in See gestochen ist.«

»Darum kümmere ich mich. Und ich schicke dir gleich ein Fahrzeug.«

Mit diesen Worten beendete die Polizeimeisterin den kurzen Funkkontakt. Jan war inzwischen noch einmal in Monas Wohnung gegangen und hatte den Verbandskasten geholt, um Thals Kopfwunde provisorisch zu versorgen. Die Kommissarin blinzelte ihm dankbar zu: »Wir sind wirklich ein gutes Team. Du hast nicht zufällig Lust, bei der Polizei anzufangen?«

Ihr Freund schüttelte lächelnd den Kopf: »Nee, das wäre mir zu stressig. Es reicht mir völlig aus, mit dir liiert zu sein.«

Sie lachte, wurde aber gleich wieder ernst: »Ich bin dir total dankbar für dein Eingreifen – aber unsere Hausbesichtigung werden wir wohl verschieben müssen. Wenn dieser Herr hier verarztet ist, befindet sich immer noch ein anderer Ganove auf freiem Fuß. Ich finde keine Ruhe, bevor der nicht auch in eine Arrestzelle geschafft wurde.«

»Sicher, das verstehe ich«, gab Jan zurück. »Ich hätte nur gern mit dir auf unser neues Heim angestoßen – aber nun wurde die Sektflasche ja doch noch sinnvoll eingesetzt.«

Thals finsterer Gesichtsausdruck bewies, dass er in dieser Hinsicht völlig anderer Meinung war. Wenig später traf der RTW ein. Während die Sanitäter sich um den verletzten Kriminellen kümmerten, gab Mona ihrem Freund einen Abschiedskuss. Auf der Fahrt zur Gartenstraße ließ sie ihn nicht aus den Augen. Als sie im Inselkrankenhaus eintrafen, wurden sie bereits von Polizeimeister Hinderk Ekhoff und Dr. Siemers erwartet. Während dem jungen, glatzköpfigen Arzt immer noch der Schreck ins Gesicht geschrieben stand, warf der Polizist Thal zornige Blicke zu. Die Kommissarin reichte ihm seine Dienstpistole: »Hier, die dürftest du verloren haben.«

»Sehr lustig, Mona. Der Spruch hätte glatt von Grietje stammen können. – Dieser Herr dort stand plötzlich neben mir, als ob er aus dem Boden gewachsen wäre. Er hat mich mit einem Messer bedroht, entwaffnet, gefesselt und zusammen mit dem Arzt eingesperrt. Die Knoten haben allerdings nicht lange gehalten. Aber die Zeit hat ausgereicht, um Lemper entkommen zu lassen.«

Dr. Siemers Stimme klang zerknirscht, als er sich an die Kommissarin wandte: »Der Eindringling hat mich gezwungen, ihm Ihre Adresse zu geben, Frau Sander. Hoffentlich können Sie mir verzeihen – ich bin nun mal kein Held.«

»Schon gut, bei einem bewaffneten Straftäter hätten Sie keinen Widerstand leisten können«, gab sie zurück, »denn dafür sind Sie nicht ausgebildet. Apropos: Schauen Sie sich bitte seine Kopfwunde an, mein Freund hat kräftig zugeschlagen.«

Während der Mediziner Thal untersuchte und Hinderk Ekhoff den Mordverdächtigen nicht aus den Augen ließ, nahm Mona Telefonkontakt mit Enno auf.

»Nanu, es ist doch noch gar nicht Mitternacht«, stellte er fest.

»Die zusätzliche Schicht hat sich erledigt, Thal konnte verhaftet werden«, erklärte die Kommissarin und fuhr fort: »Die Nacht müssen wir uns trotzdem um die Ohren schlagen, denn nun ist Lemper auf der Flucht.«

»Alles klar, ich komme gleich zu dir«, erwiderte er. Nachdem sie ihm noch mitgeteilt hatte, dass sie sich gerade im Inselkrankenhaus aufhielt, blieb der Kriminalistin bis zum Eintreffen ihres Kollegen ein wenig Zeit zum Nachdenken. Sie versuchte, sich in Lemper hineinzuversetzen. Der reiche Privatier hatte sich als absolut skrupellos erwiesen, dafür war der Mordversuch an ihr und Enno der beste Beweis. Wie würde er zu entkommen versuchen, wenn er nicht an Bord seiner Yacht gehen konnte? Durch eine Geiselnahme? Sie wandte sich an Hinderk Ekhoff: »Wo ist das Messer, mit dem Thal dich bedroht hat?«

»Ich habe ihn soeben durchsucht, er trägt es nicht bei sich«, antwortete der Polizeimeister.

»Wo ist die Stichwaffe abgeblieben?«, fragte sie den Festgenommenen. Thal stellte seine Ohren auf Durchzug, sein Mund blieb verschlossen. Aber selbst dieses Schweigen war für die Ermittlerin Antwort genug. Natürlich war es möglich, dass er das Messer weggeworfen oder verloren hatte. Sie hielt es aber für wahrscheinlicher, dass Thal das Messer Lemper überlassen hatte. Jedenfalls gingen die Beamten besser nicht davon aus, es mit einem Unbewaffneten zu tun zu bekommen. Mona bat eine Krankenschwester um eine Tasse Tee. Die starke Assam-Mischung tat ihr gut, half ihr beim Nachdenken.

»Ich sehe bei dem Patienten keine Anzeichen für eine Gehirnerschütterung«, sagte Dr. Siemers, als er zu Mona kam. Er fügte hinzu: »Die Platzwunde wurde versorgt, er ist haftfähig.«

Die Kommissarin bedankte sich bei dem Arzt für die gute Nachricht. Wenig später traf Enno ein. Sie fasste kurz zusammen, was sich ereignet hatte. Der Ostfriese stieß langsam die Luft aus den Lungen: »Das war knapp! Ich will nicht wissen, was geschehen wäre, wenn Jan nicht so schnell geschaltet hätte.«

»Ja, das sehe ich auch so. – Lass uns überlegen, wie wir Lemper erwischen können, Enno. Auf seine Yacht kann er momentan nicht zurückkehren, ohne von unseren Kollegen geschnappt zu werden. Und dies muss ihm klar sein, denn dieser Mann ist von teuflischer Intelligenz – und außerdem vermutlich mit einem Messer bewaffnet.«

Der Oberkommissar nickte langsam und sagte: »Angenommen, Lemper kennt sich auf Borkum nicht gut aus. Er muss sich aber trotzdem verstecken, zumindest bis zum Tagesanbruch. Am besten an einem Ort, der etwas abgelegen ist und von dem er schon gehört hat.«

»Du denkst an die Kiekhütte, oder?«, hakte Mona nach. »Wer sollte sie ihm gegenüber erwähnt haben? Thal?«

»Das ist zumindest nicht völlig abwegig«, meinte ihr Kollege. Er sagte: »Falls Lemper hier im Krankenhaus ein Smartphone geklaut hat, das über eine Taschenlampenfunktion verfügt, dann kann er auch im Dunkeln den Weg dorthin finden. Es gibt auf Borkum bekanntlich mehrere öffentliche Hinweistafeln, auf denen auch die Hütte verzeichnet ist.«

Mona führte den Gedanken weiter: »Lemper rechnet nicht damit, dass wir eine Verbindung zu diesem Ort herstellen können. Seiner Meinung nach ist das ein gutes Versteck. Nach Tagesanbruch kann er dort warten, bis eine Joggerin oder ein Wanderer erscheint, der sich als Geisel nehmen lässt. Es kann jedenfalls nichts schaden, wenn wir uns dort bald umschauen.«

Zuvor brachten die Ermittler Thal zur Polizeistation, wo er sich in der Arrestzelle von den »Strapazen« seiner Festnahme erholen konnte. Dann fuhren sie auf der Reedestraße Richtung Hafen. Nach einer Weile des Schweigens sagte Enno: »Birte und ich hätten gern Kinder gehabt, leider klappte es bei uns nicht. Aber wenn ich eine Tochter hätte, dann müsste sie so sein wie du.«

Mona schaute ihn von der Seite an, während ihre Augen feucht wurden: »Wenn du mich zum Heulen bringen wolltest – Gratulation, das klappt gerade hervorragend!«

»Diese Absicht hatte ich nicht«, beteuerte er. Sie putzte sich geräuschvoll die Nase, wischte die Tränen weg und sagte: »Wenn du schon nicht mein Vater sein kannst – zum Trauzeugen reicht es allemal.«

»Und darüber freue ich mich sehr«, betonte der Oberkommissar. Es dauerte nicht lange, bis sie den Wanderpfad Richtung Kiekhütte erreicht hatten. Von dort aus mussten sie ihren Weg zu Fuß fortsetzen. Mona und Enno waren öfter bei Dunkelheit auf der Insel unterwegs. In den nicht bewohnten Teilen gab es wenig bis gar keine öffentliche Beleuchtung. Daher gewöhnten sich ihre Augen schneller an die Wanderung in der Finsternis, als es bei Ungeübten der Fall gewesen wäre. Außerdem spendete der fahle Vollmond ein wenig Helligkeit. Natürlich hatten die Kommissare ihre Taschenlampen dabei, aber sie wollten sich nicht dadurch verraten, dass sie diese einsetzten. Falls Lemper auf der Lauer lag, würde er die Lichtpunkte auch auf größere Entfernung bemerken. Es war nicht vollständig still im Naturschutzgebiet. Zwar hielten sich hier nach Einbruch der Dunkelheit kaum noch Wanderer oder Radfahrer auf, aber die nachtaktiven kleinen Tiere bewegten sich in der Vegetation. Außerdem frischte der Wind auf, drückte Pflanzen gegeneinander. Mona ließ sich von den Tönen nicht irritieren. Sie wusste, dass die Aussichtshütte nicht weit vor ihr sein musste – denn nun hatten sie und ihr Kollege den Holzweg mit Geländer erreicht, der nahe bei dem Unterstand begann. Mona spürte die Bohlen unter ihren Schuhsohlen. Die Ermittler blieben stehen, verharrten einen Moment lang lauschend. Aber außer den Fauna-Bewohnern der Umgebung schien sich niemand zu rühren.

Entweder verschwenden wir hier unsere Zeit – oder Lemper ist tatsächlich eingepennt, dachte Mona. Natürlich mussten sie auch damit rechnen, dass er auf die Beamten lauerte und Widerstand leisten würde. Aber sie und Enno waren zu zweit. Und es wäre nicht das erste Mal, dass sie einen gefährlichen Verbrecher unblutig festnahmen. Die Kommissarin konnte ihren eigenen Herzschlag laut hören, als sie die Plattform unmittelbar vor der Hütte betrat. Sie hielt ihre Pistole, die sie auf der Wache eingesteckt hatte, in der rechten Hand. Außerdem hatte sie eine Taschenlampe dabei, die noch nicht angeknipst war. Mona bildete sich ein, auf der Sitzbank in dem Holzverschlag eine unförmige Gestalt wahrzunehmen, außerdem ein regelmäßiges Atmen. Oder war dies ein Trugschluss? Sie machte noch zwei Schritte vorwärts und ließ die Lampe aufflammen. Nein, sie hatte sich nicht getäuscht. Lemper hatte sich auf der Bank zusammengerollt. Er blinzelte in das grelle Licht, wollte nach dem Messer greifen. Es lag in Reichweite neben ihm. Aber bevor er es in die Finger bekommen konnte, hatte Mona die Stichwaffe von der Bank getreten. Das Messer lag nun auf dem Boden, für den Verbrecher momentan unerreichbar.

»Nehmen Sie die Hände hoch!«, kommandierte Enno. Lemper war so perplex, dass er sich nicht gegen die Verhaftung wehrte. Der Oberkommissar durchsuchte ihn nach weiteren Waffen, konnte aber nichts finden. Erst als Enno dem Privatier die Handschellen anlegte, fand er die Sprache wieder: »Ich verweigere weiterhin die Aussage.«

»Das ist nicht schlimm«, gab Mona unbeeindruckt zurück, »Ihre Taten sind aufschlussreich genug.«

Kapitel 15

Am nächsten Morgen sah die Welt für Mona schon viel erfreulicher aus. Sie hatte noch vor der Hunderunde mit Rufus Jan angerufen. Natürlich war ihr bekannt, dass er im Gegensatz zu ihr kein Frühaufsteher war – aber sie wollte das Treffen mit ihm so bald wie möglich nachholen. Außerdem musste sie sich eingestehen, dass sie höchst gespannt auf ihr zukünftiges Zuhause war. Jan freute sich, obwohl er noch ziemlich verschlafen klang. Wenig später holte er sie mit dem Auto ab.

»Ich bin gespannt, was du sagst«, meinte er, nachdem sie ihm einen Kuss gegeben hatte. Tatsächlich befand sich Monas neues Zuhause nur wenige Hundert Meter von ihrer bisherigen Wohnung entfernt. Es stand in der Grönlandstrate, die als Sackgasse in der Nähe des Kinderspielplatzes am Deich endete. Jan konnte seine Aufregung kaum verbergen, obwohl er von seinem Naturell her eher ein ausgeglichener Mann war. Mona schaute sich den roten Backsteinbau mit dem kleinen verwilderten Garten an. Sie stand vor einem traditionellen Friesenhaus mit niedrigen Fensterbänken, das vor mindestens hundert Jahren errichtet worden war und damals einer Familie mit vielen Kindern Obdach bieten musste.

»Nun schließe schon auf!«, ermutigte sie ihren Zukünftigen. Der Türsturz war so niedrig, dass Jan sich beim Eintreten bücken musste – Mona natürlich nicht.

»Dieses Haus ist wohl für Frauen meines Formats gebaut worden«, scherzte sie. Die Wohnstube wurde durch einen offenen Kamin beheizt. Es gab mehrere Deckenbalken, denen man ihr Alter ansah. Mona zeigte nach oben: »Dort spannen wir dann die Fäden für unsere *Updrögt Bohnen* auf!«, meinte sie. Jans Augen leuchteten. Er hatte nicht erwartet, dass sie dieses traditionelle Gericht kannte, bei dem getrocknete grüne Bohnen verarbeitet werden, die man zuvor auf Stricke in der Nähe einer Wärmequelle gefädelt hat.

»Ich versuche eben, mich in Ostfriesland zu integrieren«, sagte sie augenzwinkernd, aber dann wurde sie wieder ernst: »Das Haus ist wunderschön, Schatz. Wir werden es renovieren müssen, aber ich liebe jetzt schon jeden Backstein daran. – Ich würde am liebsten sofort mit der Arbeit anfangen, aber erst muss ich noch einen Mordfall abschließen. Trotzdem kann ich es kaum erwarten, bis du mich über die Schwelle trägst.«

*

Mona hatte die Zeit vergessen und kam entsprechend zu spät zum Dienst. Enno begrüßte sie mit einem freundlichen Kopfnicken: »Moin! Ich habe Oltbeck gesagt, dass du schon vor einer halben Stunde eingetroffen bist. Er hängt jetzt ohnehin schon die ganze Zeit am Telefon und berichtet der Staatsanwaltschaft von unserer Verhaftung eines dringend Mordverdächtigen.«

Mona lachte und erwiderte: »Lass mich raten – er spricht mit unserer nicht nur klugen, sondern höchst attraktiven Staatsanwältin?«

»Ja, da kann man schon mal die Uhr ignorieren. – Ich habe übrigens das Geheimnis der lateinischen Notizen gelöst.«

»Lass hören!«, bat Mona.

»Ich habe den ehrwürdigen Abt des Ulmenklosters angerufen, ihm die niedergeschriebenen Worte übermittelt und ihn gebeten, dies als eine Art Lageplan zu betrachten. Die Mönche hatte wirklich Freude am Detektivspielen, glaube ich. Jedenfalls konnte der Abt mir berichten, dass sie eine Schatulle mit Aufzeichnungen gefunden haben. Offenbar handelt es sich um Informationen, die ein halbes Dutzend Elstern ins Gefängnis bringen könnten. Diese Schachtel hat Fassbinder wohl als eine Art Lebensversicherung betrachtet, allerdings hat sie ihm nichts mehr genützt.«

Er fürchtete wegen seines Ausstiegs aus der Gruppe die Rache der Elstern und hat deshalb diese Informationen versteckt, dachte Mona. Der Oberkommissar wollte noch mehr sagen, aber nun klingelte das Telefon. Er griff zum Hörer, meldete sich mit Namen und Dienstgrad. Das Gespräch war nur kurz, aber offenbar erfreulich. Er bedankte sich und legte auf, während sein Lächeln noch breiter wurde. Seine Kollegin warf ihm einen fragenden Blick zu.

»Das kriminaltechnische Labor hat sich gemeldet«, sagte Enno und fügte hinzu: »Die Ergebnisse sind eindeutig. Wir haben Thal jetzt endgültig am Schlafittchen.«

Nachdem die beiden den Fall noch einmal durchgegangen waren, ließen sie den Mordverdächtigen in den Verhörraum führen.

Thal wirkte frisch und ausgeruht, was vermutlich nicht nur an dem Morgentee und den von Grietje liebevoll zubereiteten legendären Jagdwurststullen lag. Er war ein Mann mit Strafvollzugserfahrung, wie Mona sich vor Augen führte. Der Kriminelle hatte schon einige Zeit seines Lebens hinter Gittern verbracht. Enno nannte Monas und seinen Namen, außerdem belehrte er Thal noch einmal über seine Rechte, obwohl der Verdächtige diese Sätze wahrscheinlich inzwischen auswendig kannte. Der Verbrecher grinste und sagte: »Ich brauche keinen Anwalt.«

»Wie Sie wünschen«, sagte die Kommissarin kühl. »Ich schlage vor, dass Sie zunächst den Mord an Wilfried Fassbinder gestehen.«

»Warum sollte ich das tun?«

»Weil Sie der Täter sind.«

»Können Sie das beweisen, Frau Sander?«

An dieser Stelle schaltete sich Enno ein: »Noch nicht, Herr Thal. Aber es ist nur eine Frage der Zeit. Die Kriminaltechniker haben nämlich an dem Zingulum Hautschuppen des Täters nachgewiesen. Sie können uns eine freiwillige DNA-Probe für den Abgleich geben. Falls Sie sich weigern, holen wir uns einen Gerichtsbeschluss. Am einfachsten wäre es, wenn Sie die Tat gestehen würden.«

Diese Worte schienen ihre Wirkung auf Thal nicht zu verfehlen. Mona fragte sich, was wohl in seinem Kopf vorgehen mochte. Sie konnte nicht aufhören, ihn anzusehen. Sie musste zugeben, dass sein künstliches Auge ziemlich echt aussah. Wenn man nicht genau darauf achtete, wäre der Unterschied nicht aufgefallen – wäre da nicht diese Kälte und Seelenlosigkeit des Materials gewesen.

»Ich war noch ein Bengel«, begann Thal mit tonloser Stimme zu sprechen, »da hatte mein Bruder Ärger mit den Elstern. Ich weiß nicht mehr, worum es konkret ging – mir fehlte die Erfahrung. Auf jeden Fall war ich eines Abends mit Ben – meinem Bruder – unterwegs, als die Elstern uns aufmischen wollten. Aber Ben hatte seine Knarre dabei. Er schoss, um mich zu verteidigen. Die Dreckskerle ballerten zurück. Aber sie trafen nicht Ben, sondern mich.«

Der Mörder machte eine Pause, die Erinnerung schien ihm zuzusetzen. Etwas später fuhr er fort: »In unseren Kreisen kennt man sich. Nach und nach bekam ich die Einzelheiten heraus: Mich hatte kein Geschoss, sondern die Stahlkugel einer Zwille getroffen. Die Ärzte konnten mein Auge nicht retten. Ich bekam den Namen des

Typen heraus, der mich einäugig gemacht hatte. Er hieß Wilfried Fassbinder. Den Bullen gegenüber stellte ich mich dumm.«

»Sie wollten sich persönlich an Fassbinder rächen.«

»Genauso ist es, Herr Moll. Aber erst musste ich mich in Geduld üben, denn er verschwand von der Bildfläche. Anscheinend wussten auch die anderen Elstern nicht über seinen Verbleib Bescheid. Es hieß, er wäre Mönch geworden. Aber ich hielt das für einen schlechten Scherz. Allmählich fand ich mich damit ab, dass der Miesling wohl ungeschoren davonkommen würde. Deshalb fiel ich aus allen Wolken, als er mich vor ein paar Tagen anrief. Meine Nummer hatte er angeblich über einen Knastkontakt, was durchaus sein konnte. Ich warf ihm ein paar Beleidigungen an den Kopf, aber er behauptete, mich um Vergebung bitten zu wollen. Das würde sein Glaube ihm gebieten. Und er bot mir als kleine Entschädigung ein paar wertvolle Sakralkunstwerke an.«

»Wie reagierten Sie?«, wollte Mona wissen.

»Die Sache mit der Vergebung klang für mich so schräg, dass die Geschichte mit dem Kloster zu stimmen schien. Außerdem wusste er, dass ich mich aufs Klauen von Kirchenkram spezialisiert hatte. Er hatte sich also erkundigt. Ich ließ mich darauf ein, wir verabredeten uns auf Borkum bei dieser Kiekhütte. Als ich nun die Aussicht auf neue heiße Ware hatte, rief ich Lemper an. Ich wusste, dass er scharf auf solche Stücke war. Von ihm erfuhr ich, dass er ebenfalls auf die Insel kommen wollte – weil Fassbinder ihm einen Kirchenschatz angeboten hatte. Es gab also zwei Möglichkeiten: Entweder wollte Fassbinder uns beide verschaukeln oder mit Lemper *und* mir ins Geschäft kommen.«

»Was Sie angeht, so sollten Sie ja nur beschenkt werden«, stellte die Kommissarin richtig, »da kann man wohl nicht von einem Geschäft reden.«

»Das einzige Geschenk für mich wäre meine komplette Sehkraft!«, gab Thal heftig zurück. Er fügte etwas ruhiger hinzu: »Ich wollte Fassbinder töten, das stand für mich fest. Ich beschaffte mir so einen Gürtel, wie ihn die Mönche tragen.«

»Ein Zingulum.«

»Ja, Herr Moll. – Dank meines Kontakts zu Waller im Knast wusste ich ja, wann Fassbinder auf Borkum erscheinen wollte. Ich war vor ihm hier und legte mich am Inselbahnhof auf die Lauer. Ich erkannte ihn nach all den Jahren sofort wieder – und er hatte doch tatsächlich ein junges Mädel dabei, der alte Heuchler.«

»Sie sprechen von Svenja, sie ist seine Nichte«, erklärte Enno.

»Ja, das habe ich später auch mitgekriegt. Es war auffällig, dass er nicht an ihr herumfummelte, wie es alte Kerle sonst mit ihren jungen Gespielinnen tun. – Wie auch immer: Ich folgte ihnen zur Pension Menke, ohne bemerkt zu werden. Also hatte Fassbinder zumindest schon mal nicht gelogen, was seine Borkumreise anging. Ich machte mich also mit der Umgebung von der Kiekhütte vertraut. Als Fassbinder zur verabredeten Zeit erschien, schlich ich mich an. Er muss wohl mit Ärger gerechnet haben, denn er trug eine Zwille bei sich. Aber bevor er sie einsetzen konnte, war ich hinter ihm und habe ihn stranguliert. Dann nahm ich ihm die Fletsche ab. Mit dem Zingulum wollte ich den Verdacht auf seine Klostervergangenheit lenken. Und natürlich war ich hinter dem Kirchenschatz her. Ich hatte angenommen, dass Fassbinder einige Stücke bei sich hätte. Meinen Irrtum merkte ich erst, als er schon tot war. Da konnte ich ihn natürlich nicht fragen, wo die Wertsachen waren.«

»Haben Sie aus diesem Grund Svenja Fassbinders Zimmer durchwühlt?«

»Ja, Frau Sander. Aber ich fand keinen Hinweis – und später wurde sie von Ihnen verhaftet. Ich musste sie allein zu fassen kriegen. Darauf hoffte ich, als ich von Ihnen bemerkt wurde und Ihnen ein Fahrrad an den Kopf werfen musste.«

»Das hat Ihnen dann ja auch nichts mehr genützt«, stellte die Kommissarin fest. »Und warum haben Sie Lemper befreit?«

»Ist das nicht offensichtlich?«, fragte der Mörder zurück und fügte hinzu: »Wer in Mitteleuropa Sakralkunst klaut, weiß, welche Sammler Spitzenpreise für die Ware zahlen. Und Lemper ist da eine ganz große Nummer. Als ich aus sicherer Entfernung mit ansehen musste, dass Sie ihn und seine beiden Mitarbeiter festnehmen, da wollte ich ihn unbedingt befreien. Das hat ja auch geklappt.«

»Ja, für sehr kurze Zeit«, stellte Mona fest. Alles Wichtige war nun gesagt, sie brauchte eine Pause. Die Kommissarin wurde von einem seltsamen Gefühl befallen, als sie den Verhörraum verließ. Alles war wie immer, und doch begann ein neuer Lebensabschnitt. Sie würde schon bald eine Ehefrau und eine Hausbesitzerin sein.

»Warum lächelst du so strahlend?«, fragte Enno seine Kollegin, nachdem Polizeimeister Knudsen den Mörder in die Arrestzelle gebracht hatte. Sie antwortete: »Ich freue mich auf die Zukunft – mit Jan und Rufus – und mit dir!«

ENDE

Ostfrieslandkrimi-Empfehlungen des Klarant Verlages

In der beliebten „**Mona Sander und Enno Moll ermitteln**“ - Reihe sind erschienen:

»Friesenbraut«, Band 1
Taschenbuch-ISBN: 978-3-95573-557-9
eBook-ISBN: 978-3-95573-556-2

»Friesenkreuz«, Band 2
Taschenbuch-ISBN: 978-3-95573-552-4
eBook-ISBN: 978-3-95573-600-2

»Friesenlauf«, Band 3
Taschenbuch-ISBN: 978-3-95573-553-1
eBook-ISBN: 978-3-95573-618-7

»Friesenflirt«, Band 4
Taschenbuch-ISBN: 978-3-95573-542-5
eBook-ISBN: 978-3-95573-541-8

»Friesenwahn«, Band 5
Taschenbuch-ISBN: 978-3-95573-622-4
eBook-ISBN: 978-3-95573-623-1

»Friesenstalker«, Band 6
Taschenbuch-ISBN: 978-3-95573-688-0
eBook-ISBN: 978-3-95573-701-6

»Friesenjuwel«, Band 7
Taschenbuch-ISBN: 978-3-95573-764-1
eBook-ISBN: 978-3-95573-765-8

»Friesenwrack«, Band 8
Taschenbuch-ISBN: 978-3-95573-796-2
eBook-ISBN: 978-3-95573-797-9

»Friesenbarbier«, Band 9
Taschenbuch-ISBN: 978-3-95573-833-4
eBook-ISBN: 978-3-95573-832-7

»Friesenstrand«, Band 10
Taschenbuch-ISBN: 978-3-95573-875-4
eBook-ISBN: 978-3-95573-876-1

»Friesenlist«, Band 11
Taschenbuch-ISBN: 978-3-95573-934-8
eBook-ISBN: 978-3-95573-935-5

»Friesenblues«, Band 12
Taschenbuch-ISBN: 978-3-95573-954-6
eBook-ISBN: 978-3-95573-955-3

»Friesenanker«, Band 13
Taschenbuch-ISBN: 978-3-96586-009-4
eBook-ISBN: 978-3-96586-010-0

»Friesenkoch«, Band 14
Taschenbuch-ISBN: 978-3-96586-105-3
eBook-ISBN: 978-3-96586-106-0

»Friesenwürger«, Band 15
Taschenbuch-ISBN: 978-3-96586-146-6
eBook-ISBN: 978-3-96586-145-9

»Friesentango«, Band 16
Taschenbuch-ISBN: 978-3-96586-164-0
eBook-ISBN: 978-3-96586-172-5

»Friesenbrauer«, Band 17
Taschenbuch-ISBN: 978-3-96586-201-2
eBook-ISBN: 978-3-96586-202-9

»Friesendiebin«, Band 18
Taschenbuch-ISBN: 978-3-96586-276-0
eBook-ISBN: 978-3-96586-277-7

»Friesenpoker«, Band 19
Taschenbuch-ISBN: 978-3-96586-321-7
eBook-ISBN: 978-3-96586-322-4

»Friesenleiche«, Band 20
Taschenbuch-ISBN: 978-3-96586-355-2
eBook-ISBN: 978-3-96586-356-9

»Friesentrick«, Band 21
Taschenbuch-ISBN: 978-3-96586-408-5
eBook-ISBN: 978-3-96586-409-2

»Friesenschatz«, Band 22
Taschenbuch-ISBN: 978-3-96586-450-4
eBook-ISBN: 978-3-96586-451-1

»Friesenmagier«, Band 23
Taschenbuch-ISBN: 978-3-96586-485-6
eBook-ISBN: 978-3-96586-486-3

»Friesenruine«, Band 24
Taschenbuch-ISBN: 978-3-96586-513-6
eBook-ISBN: 978-3-96586-514-3

»Friesenraub«, Band 25
Taschenbuch-ISBN: 978-3-96586-549-5
eBook-ISBN: 978-3-96586-550-1

»Friesenrichter«, Band 26
Taschenbuch-ISBN: 978-3-96586-560-0
eBook-ISBN: 978-3-96586-561-7

»Friesenhummer«, Band 27
Taschenbuch-ISBN: 978-3-96586-614-0
eBook-ISBN: 978-3-96586-615-7

»Friesenkugel«, Band 28
Taschenbuch-ISBN: 978-3-96586-627-0
eBook-ISBN: 978-3-96586-628-7

»Friesendolch«, Band 29
Taschenbuch-ISBN: 978-3-96586-649-2
eBook-ISBN: 978-3-96586-650-8

»Friesengeiz«, Band 30
Taschenbuch-ISBN: 978-3-96586-667-6
eBook-ISBN: 978-3-96586-668-3

»Friesendiva«, Band 31
Taschenbuch-ISBN: 978-3-96586-689-8
eBook-ISBN: 978-3-96586-690-4

»Friesenteich«, Band 32
Taschenbuch-ISBN: 978-3-96586-700-0
eBook-ISBN: 978-3-96586-701-7

»Friesensilber«, Band 33
Taschenbuch-ISBN: 978-3-96586-707-9
eBook-ISBN: 978-3-96586-708-6

»Friesenfisch«, Band 34
Taschenbuch-ISBN: 978-3-96586-742-0
eBook-ISBN: 978-3-96586-743-7

»Friesenduell«, Band 35
Taschenbuch-ISBN: 978-3-96586-764-2
eBook-ISBN: 978-3-96586-765-9

»Friesenwürfel«, Band 36
Taschenbuch-ISBN: 978-3-96586-795-6
eBook-ISBN: 978-3-96586-796-3

»Friesenradio«, Band 37
Taschenbuch-ISBN: 978-3-96586-831-1
eBook-ISBN: 978-3-96586-832-8

»Friesenartist«, Band 38
Taschenbuch-ISBN: 978-3-96586-847-2
eBook-ISBN: 978-3-96586-848-9

»Friesenpolizistin«, Band 39
Taschenbuch-ISBN: 978-3-96586-853-3
eBook-ISBN: 978-3-96586-854-0

»Friesenspur«, Band 40
Taschenbuch-ISBN: 978-3-96586-879-3
eBook-ISBN: 978-3-96586-880-9

»Friesenboot«, Band 41
Taschenbuch-ISBN: 978-3-96586-871-7
eBook-ISBN: 978-3-96586-872-4

»Friesenerpresser«, Band 42
Taschenbuch-ISBN: 978-3-96586-906-6
eBook-ISBN: 978-3-96586-907-3

»Friesenvilla«, Band 43
Taschenbuch-ISBN: 978-3-96586-934-9
eBook-ISBN: 978-3-96586-935-6

»Friesenmuschel«, Band 44
Taschenbuch-ISBN: 978-3-96586-968-4
eBook-ISBN: 978-3-96586-969-1

»Friesenturm«, Band 45
Taschenbuch-ISBN: 978-3-68975-006-0
eBook-ISBN: 978-3-68975-007-7

»Friesensegler«, Band 46
Taschenbuch-ISBN: 978-3-68975-030-5
eBook-ISBN: 978-3-68975-031-2

»Friesenjungfer«, Band 47
Taschenbuch-ISBN: 978-3-68975-045-9
eBook-ISBN: 978-3-68975-046-6

»Friesengarn«, Band 48
Taschenbuch-ISBN: 978-3-68975-073-2
eBook-ISBN: 978-3-68975-074-9

»Friesenklasse«, Band 49
Taschenbuch-ISBN: 978-3-68975-093-0
eBook-ISBN: 978-3-68975-074-9

»Friesenvogel«, Band 50
Taschenbuch-ISBN: 978-3-68975-108-1
eBook-ISBN: 978-3-68975-109-8